秋叶缤纷

韩瑞亭◎著

群言出版社
QUNYAN PRESS
·北京·

图书在版编目（CIP）数据

秋叶缤纷 / 韩瑞亭著 . -- 北京：群言出版社，2017.10
ISBN 978-7-5193-0383-9

Ⅰ. ①秋… Ⅱ. ①韩… Ⅲ. ①随笔—作品集—中国—当代 Ⅳ. ①I267.1

中国版本图书馆 CIP 数据核字（2017）第 302611 号

责任编辑： 潘 昊
封面设计： 孙正福

出版发行： 群言出版社
地　　址： 北京市东城区东厂胡同北巷 1 号（100006）
网　　址： www.qypublish.com（官网书城）
电子信箱： qunyancbs@126.com
联系电话： 010-65267783　65263836
经　　销： 全国新华书店

印　　刷： 北京柏力行彩印有限公司
版　　次： 2018 年 3 月第 1 版　2018 年 3 月第 1 次印刷
开　　本： 880mm × 1230mm　1/32
印　　张： 6.25
字　　数： 133 千字
书　　号： ISBN 978-7-5193-0383-9
定　　价： 36.00 元

目录

第一辑

秋叶缤纷

夕照之辉

身处自然界之中，人们大都欣赏和赞叹那东方初起的朝阳之炫丽，看它威威赫赫，磅礴升腾，霎时间便照亮整个宇宙的壮观景象，莫不感觉热血沸腾。但人们也许不太留意夕照之美艳，当那光照万物的巨轮在太空巡行数万里，疲乏已极，就要沉入夜幕中休眠之前，它的余晖却显得静谧而妩媚，依然给人间留下温暖和光亮。其实，人世间的个体生命也注定要经历升起与沉落的轮回，只是世人在追寻个体生命升沉历程的完满境界时，却并非皆能如愿。我有幸从熟悉的师长及文友中窥见一些长者的夕照之辉，他们历经风雨磨洗而愈显浑朴高洁的德行与文品，尤令人心仪。朱寨先生便是其中的一位。

我和朱寨先生相识于20世纪80年代，那正是文学在新时期赫然爆发，佳作新人喷涌而出的年代，也是文学最灵敏地感应着时代脉息，同亿兆民众一起经历着社会变革与思想解放的惊涛拍岸的年代。在那个刚刚揭幕的文学新时期，有一群正值壮年的文学批评写作者活跃于前沿阵地，以自己聪察勇毅、热力四射的理论批评文字，推举和张扬新时期文学的最初成果，坚定地支持它们冲击旧时观念与范式，勇于突破和更新的探索实践。朱寨先生则是他们当中的一员。我起初以为，朱寨先生同我熟悉的不少文友一样，也是与我年龄相差不多的中年人。但在收到由他主编的《中国新文艺大系（1976—1982）·理论二集》（其中收录了我的一篇有关长篇小说《东方》的评论）时，方知他是中国社科院文学研究所的资深学者。此后，在一些文事活动和文学社团的集会上，才见到并结识了朱寨先生，原来他是一位体态健壮、和蔼稳重的长者，且与我是山东同乡。我从文友的介绍中还得知，朱寨先生竟是一位"老革命"，他由一名流亡学生投奔延安之时，我方来到世间。朱寨先生在延安"鲁艺"求学数年又留校任职，抗战胜利后转赴东北，一直在地方政权机构中做实际工作，参与和支援解放战争，曾任县委书记。新中国成立初期调到中央宣传部门工作，20 世纪 50 年代后期才转到社科院文学研究所从事专业研究。朱寨先生的这种经历，同我认识的几位文学前辈相似，都是从革命圣地和解放区走出来的老资格的文化人。然而，在我与他的接触交往中，从未观察到他对此种资历的丝毫炫耀，他在一群搞文学评论的文友中间，仿佛只是一个普通的年事稍长的同道。

旧时不少文人似乎有一种绕身附体的痼疾，由文事博名而仕途畅进时，往往志得意满，狂傲自恋，当遭逢挫跌、官场失意后，又常为时运多蹇而忧愤哀伤。这自然是旧时代的生存环境与因袭观念加之于其长久的精神压抑所致。朱寨先生并无此类旧式文人的习气。他一向低调平和，抱朴守诚，从不以资历优势轻慢晚辈文友。他并无显要官职，更不在文事活动中掺入官本位意识。或许是青年时代经历过艰苦环境的长久磨炼，令他秉持着一种颇为难得的平常心态。朱寨先生的谦和自抑，给我的印象尤为深切。他由一名经受革命战争洗礼的战士和文化官员，转行跨入学术研究机构，凭借自身的刻苦努力，成为术业有专攻的学者和著名文学评论家，他的不少理论批评文章和作家作品评论思辨性强且颇有见地。他在拨乱反正、解放思想的时代潮流中，和许多比他年轻的同道一样站到了文学变革的前沿。他的思维活跃，目光敏锐，坚定地支持和扶助那些勇于冲击陈旧观念与僵化模式的新作品和新探索。他和许多晚辈同行一道，以自己的理论批评实践，推动着新时期文学的发展和繁荣。他主编的多部研究著作，也产生过较大社会反响。以他所获得的专业成就及学术贡献，足以骄人和自慰，而他却并不满意自己的作为，无论在同道友人面前或是在著述文集的“后记”中，总是谦称自己“学浅力拙，忝列同行之伍”。在他被众多同道者推举，接替已辞世的冯牧先生出任中国当代文学研究会的会长后，依然不为此类众望所归的学术领军人物的身份而心安理得，在主持集会的场合，申言自己读写有限，表达要从年轻的同行那里学习获益的愿望。依我的观察，这一切在朱寨先生那里绝非矫饰或作秀，只是这位厚道纯朴的长者内心情怀的自然流露，是他求真守诚的做人的本分。

我和朱寨先生平日交往并不多，只是有时在一些文事活动与文学社团集会上见面，也未有过深谈。不过，通过这类交往也能让我体察到朱寨先生身上那种很特别的东西。1991 年春季，我曾与朱寨先生一同参加过第三届“茅盾文学奖”评委会的评奖会议。相处几天，我注意到他对待冯牧、荒煤这两位文坛前辈很是尊重，不仅认真聆听他们的每次发言，而对于他们的一些有大局观和导向性的意见和看法，又欣然会意，表示认同和支持。他对待年龄相仿的同辈及资历尚浅的晚辈，却无轻慢之态，总是仔细倾听他们的发言，沉思默想，似在与之做内心交流，有时还在会下同发言者做友善地切磋。在一群大半是名家耆宿的评委当中，朱寨先生似乎不太显眼，而他的温厚谦和却给予我格外深切的印象。朱寨先生律己则严，待人以宽，从不标榜自己，却看重和关注他人，对于像我一样的晚辈同道，总是以平等态度相处，且多有关爱、扶助之热忱。从多年前将并不相识的我的一篇文章，选入他主编的书系中，到相识后他像关注其他晚辈同道一样，也留意我的评论写作，有时还会向熟悉的文友谈起对我新写的文章的印象。有一次见面，他曾提议和我一起去与他同一单位的晚辈同事、也是我的好友蔡葵兄的新居拜访，只是后来未能实现。20 世纪末，我曾受中国当代文学研究会的委托，以研究会所设之军事文学专业委员会的名义，与一家出版社合作举办“新中国军事文艺 50 年研讨会”。几十位曾经为新中国军事文学的繁荣发展付出了心血智慧的老作家和中青年作家、评论家，聚集一堂，回顾新中国军事文学走过的不寻常道路，梳理军事文学 50 年来曲折行进的脉络和经验，尤其是新时期以来军事文学兴盛崛起的重要成就和启示。朱寨先生作为研究会的会长亲自到会致辞，表达对研讨会的支持和重视，他还同军队作家们一起倾听了两天的会议发言。他在会议结束时曾向我表明观感，这次研讨会是有内容的、成功的。我自然明白，这位长者的话语不仅是对于会议组织者的真诚鼓励，更体现出他对于中国当代文学之重要支脉的军事文学的关注与期待。

同朱寨先生相处，我时常会打量和思索这位历经风雨却保持着平常心的长者，究竟是怎样的一个人。他出自延安“鲁艺”门墙，却为形势所需转而从事多年实际斗争，进入和平年代后再转入文学研究机构，已是人到中年。他并不失悔将青春岁月奉献于实际斗争，竟又甘愿重入文学门墙虔为学徒，跟着“鲁艺”时期的师长和现时的研究所所长何其芳做起了学术研究。他将自己当作重入文学门墙的新手，老老实实地做研究、写文章，并不以名家学者自赏，却认定自己只是一名“职业读者”。然而，他对待同道友人，无论长幼，俱持以出自本色的尊重和关爱，尤其看重同道友人的事功文品，也很珍惜彼此友情。他的自识与自省，待人的厚道与实诚，似乎是他特有的品行、风度。我从朱寨先生后来赠送的一本书中，愈加印证了这种感受。这本名为《中国现代文化名人纪实》的书，其实是由一系列文笔朴素、情感深挚的散文集成。他在这些作品中，忆述了毕生难忘的延安岁月，记录了他曾结识并与之相处的许多知名文人的往事，他写到了何其芳、周立波、陈荒煤、钟惦棐、俞平伯等文化名人，也写了并不知名却令他铭感于心的亲朋故旧。其中的几篇忆述何其芳的文字，更倾注了他对这位文坛前辈、诗人和文学理论家的敬重、感佩与深切怀念之情。这几篇散文，绘写出一个血肉鲜活的何其芳，不论在延安“鲁艺”时期，还是在新中国建立后担任文学研究所所长的25年岁月，何其芳总是迈着急促的脚步不知疲倦地奋然前行，怀着诗人的激情、战斗者的坚毅和学者的严谨去经营他所选定的事业，在遭遇不公平待遇时，仍不改其纯正本性。他像园丁和慈母一般呵护、扶助他的学生、下属及年轻的同道，为文学事业的远航悉心打造一代代新的水手。何其芳的高尚品质和人格魅力，深深地吸引和感染着朱寨先生，令他心仪长久，刻骨难忘，也无形中成为他的人生楷模。

在京城和外地一些从事当代文学研究及理论批评的文友当中，谈起熟悉的朱寨先生都会有相同的印象：这是一个好老头。以我的体察，产生此种印象不只源于对朱寨先生的年岁、资历和学术地位的敬重，更是源于对他那纯厚诚朴的人格品行的敬重。身处专业圈子里的人，著述文章可以有多寡，学术成就也会有高下，但人品的优异庸劣往往与这些东西并不相干，无法用这些东西去衡估或替代。朱寨先生之受人尊敬，正在于他是将这二者精彩地融为一体的长者。他是将文学和文学研究当作一种志趣同时也当作一份事业来热爱的，他对于文学和文学研究的热爱又与他对同道友人的关爱联结在一起，他关注、敬重和扶助那些潜心于这个领域的耕耘并不断有所收获的长幼同道，则是出自他对于国家和民族的文学传承发展的虔诚愿望。这位“好老头”是有信念的人，又仿佛有一颗大爱之心，他爱那些为新中国的文学筚路蓝缕、以启山林的前辈先贤，爱那些尽心尽责地为这种事业默默奉献的有才情的同辈友人，也爱那些有朝气、肯探索、勇于开拓本土文学无限未来的年轻同道。他在一篇题为《好同志》的散文中，追思友人葛洛先生的往事，特别引述了何其芳当年在延安“鲁艺”时用以表达内心感慨的诗句：“我感到我们有这样多的好同志，这样多的寂寞地工作着的同志，就是为了这我也想流一会儿眼泪。”这诗句诚然是何其芳先生那种溢满大爱的丰沛情感的真实表露，其实也可以看作至诚效法先贤的朱寨先生自己的心灵写照。

2010 年 10 月草

水流花谢不计年

世上有不少文人多傲，这类文人大抵志存高远，自许不凡，必求有大作为、大成就，但为才禀、学养与时运所限，真正有显赫功业者却寥寥无几。但也有一些文人慧心明性，修身自律，只勤勉任事，甘苦为文，任星移斗转，水流花谢，始终抱持平常之心，却不仅有建树于文事，更彰显其并非俗常的德行人品。我自然尊仰那些已成大师、巨匠的文人的显赫功业，但又敬重那些看似寻常却自有德艺双修的过人之处的文人，或许在于他们与世俗中人更为贴近。我所结识的袁鹰先生，便是这样一位让人感觉亲近的贤良长者。

两年以前，我的一本散文随笔出版后，曾依旧例陆续寄送给一些熟悉的文友，其中也有久疏问候而时常惦念着的前辈袁鹰先生。不料，过了几日忽然收到一包邮件，打开来看时竟是袁鹰先生不久前出版的新著《风云侧记》。书中还附了一纸短札，上面写道："多时未晤，忽获惠赠新作，快慰而又亲切。尊作从内容到形式都使人怡然。现在时尚出书，不问内容，一概趋大趋厚，捧读之际，如捧一块砖头，不敢往下读。炎炎夏日，望多珍重。”我捧着这本书和短信，不禁感默良久。这就是让人尊敬的袁鹰先生。他对待文友或是如我一样的晚辈同道，总是那么谦恭热诚，亲和友善，即便在著作互赠、书信酬答之类琐事上，亦能领受他的温情和暖心的勉励。

我对袁鹰先生慕名已久，知道他是江苏淮安人，早年在上海的几家报社做记者，后又进入《解放日报》。20世纪50年代初期，调入京城大报的文艺部任职多年。尚在70年代时，我就从同在《解放军文艺》编辑部的诗人李瑛那里听说过袁鹰先生的文名和本名，得知他是资深编辑，又是散文家。80年代初，我开始为那家大报写一点文学评论，却多是与我年纪相近、大致属于同代的缪俊杰兄等编者结识交往，并未与主持文艺部工作的袁鹰先生直接交往。真正与袁鹰先生结识，则是在他离休以后。80年代末，中国作家协会举办一届散文、杂文奖的评选，我曾受邀作为评委参加了这次评奖活动，得以与袁鹰先生在评委会上相识。袁鹰先生给我的最初印象，更似温文尔雅的学者。他中等身材，体态微胖，举止稳重，待人谦和，属于那种极易与人相处的长者。到会的诸多评委中，袁鹰也许算不上像唐弢先生那样的元老级人物，但他的温和性情与涵养，却显出特有的老成持重。这一届评奖划定的时间范围较宽，所涉作品数量颇多，评选起来确有难度。评委们先是在京城集中了几天，围绕评奖的时限、标准以及作家作品的基本状况，做广泛深入地讨论以求得共识，也在酝酿初选的入围作品。然后又齐聚珠海，进入终评阶段。对于遴选获奖作品，评委们的认真姿态素常少见，每人都力争将各自认定的佳作纳入最终获奖名单，而眼界与理念的差异，又不免对某些作品的取舍发生激烈争论。袁鹰先生似乎从不抢先发言，只沉静地倾听别人的评述意见，且不介入争论，而他的发言则显得平正中肯，对作家作品的评估也较为贴切周全。这或许与他长年的编辑生涯历练而成的务实精神和兼容眼光，以及作为散文家的切身体验颇有关联。

评奖程序完成，如释重负的评委们打道回府。几位来自京城的评委转道广州准备返京，住进市内一家宾馆，我和袁鹰先生恰好被安排在同一间客房。我刚放下行李箱，就听到客房内的电话铃声急促响起，接听之下竟是一个陌生女子的声音，问她何事，答曰要做生意，进而露骨地明示要做皮肉生意。或许我愚钝寡闻，社会开放已有多年，竟未遇见过这种事，不免有些惶惑疑惧。想不到在这座南方都市的大宾馆里也会有此等明火执仗的拉客勾当，更想不到这女子竟如此消息灵通，新到的客人刚入住便能将电话打进房间。我急忙挂断电话，一脸茫然地向袁鹰先生转述电话内容，他似乎对此不以为奇，也并不在意我的少见多怪，反而用半是玩笑半是认真的语气表示要为我做证明。袁鹰先生知道我尚在职在岗，忌讳此类有伤风化之事，他表示要证明我的清白，无疑对我是一种贴心的安慰。20年前的这件琐事，至今令我记忆犹新，也许是我与这位温良敦厚、善解人意的长者最初相识留下的印象特异而清晰之故。

进入 90 年代，我与袁鹰先生交往的机会多起来。1991 年春，我们曾作为评委一起参加过第三届“茅盾文学奖”的终评会议，共同见证了这一届获奖作品篇目的诞生。此后，我有时去报社公干，也趁便看望过袁鹰先生，其时他虽已离休，平日仍在文艺部办公楼内提供给他的房间闭门写作。1995 年，我应邀加入由中华文学基金会筹划编纂的“21世纪文学之星丛书”的编审委员会，那时这套丛书的编审出版工作才跨入第二个年度，袁鹰先生已接替辞世不久的冯牧先生担任了该丛书的编审委员会主任。这是一套专为文学青年谋划设立的文学丛书，经办者的本意，便是要效法中国新文学的先驱者鲁迅、茅盾、巴金等前辈们的榜样，热心扶助那些初露才情的青年，为他们编选和出版第一本文学作品。冠名“21世纪文学之星”，正体现着编者的殷切希望，期待这些文学青年将成为21世纪中国文学天空中耀眼的群星。年逾古稀的袁鹰先生和一群参与丛书编委会的同道者，一起为实施这项文学希望工程倾洒了十年心血，年年催新蕾绽放，岁岁助嫩枝吐芽，待果实累累、秋色满园之际，竟不觉老之将至。

丛书编委会几乎每年都要开一次终审会，讨论并投票决定入选该年卷的各类体裁作品篇目。除有一次因客观缘由而延宕下来，不得不将丛书改为双年卷以外，编委会的同仁们每年都有机会在一起盘桓几日。我同袁鹰先生晤面自然也较往日多一些。袁鹰先生待人依然是那样温厚友善，与我由初识到熟悉后也显得更为亲和，有时在会前会后的间隙还同我一起吸烟聊天。在编委会这个团队里，他只将自己当作普通一员，并不在意作为领军者的身份，他专注地倾听每位同仁对于待选作品的评述意见，重视每个成员的看法和建议，却很少做评议发言，大约也是不想以自己的看法左右别人。作为散文家，他其实有丰足的创作经验和判断能力，我记得有一次去井冈山访问时，曾在一处景点见到过他的散文《井冈翠竹》被作为游记名篇镌刻于碑石上。但在终审会上评议选拔散文作品时，他也同样不率先表明自己的看法，而是尊重多数同仁的选择。在编委会这个团队里，有一种活跃而又融洽的民主风气，自由讨论的学术氛围，这固然显露着文人的习性，却也因袁鹰先生这位领军者的身体力行而愈加浓重。袁鹰先生的谦恭随和与宽厚包容，并未消减他在团队中应有的分量，反而增添了同道者对他的尊重。尤其是袁鹰先生对待文学青年的那种厚爱与期许，为扶助青年文学人才的成长，而在这项"希望工程"上坚守了十年，劳作了十年，更使比他年轻一些的同仁们心生敬佩。

袁鹰先生在他的新著《风云侧记》小跋中，称自己是"一个微小平凡的人"，只是"生正逢辰"，亲历了一个天崩地裂、风云激荡的时代。实则，他的人生选择与人生行走并不平凡。他早年由报人生涯开始投身于民族解放事业，几十年间一直将个人命运同社会的变革与民族的命运焊接在一起，将一己的思绪情感同更多的民众与文人的忧乐悲欢融汇在一起，用他的采编和写作方式忠实记录着这个时代。直到暮年仍在咀嚼、回味他所经历的那些风云年代的生活底蕴，在忆述诸多往昔文情事件真相的沉静文字中，饱含着清醒意识与反思精神，显露出一个正直的文人的良知。如今的世道，有不少舞文弄墨者愈显浮躁之相，不择手段地推销自我，明火执仗地争名逐利，冠冕堂皇地膜拜欲望，似乎成为清扫蒙昧愚氓的新时尚。而袁鹰先生那一代人，却在陆续退出这个喧哗的世界。但袁鹰先生一向谦卑处世，甘守清简，乐于为社会为他人经年累月劳作的懿行，以平凡之人自励的德操，在现今的世道中愈加显得贵重。

仁者寿。2014 年春节前夕，在中国作协举办的老作家茶话会上，我见到已届九十高龄的袁鹰先生。他的面庞略显消瘦，依然精神矍铄，与身边文友谈笑自如。我默默祝愿这位文学前辈身心健旺，以他的品格风范继续给这世上的文场留存下贤良长者之生命的逸响。

2010 年 11 月草

2014 年 4 月改

山长水阔知何处

才过新年，未至春节，竟从《文艺报》上见到顾骧先生辞世的消息和张同吾君的悼念文章。这噩耗太过突然，我竟不能相信它是真的。一年之前，也是在春节将至之时，我还在政协礼堂见到过顾骧先生，那次是中国作协破例举办的六旬以上老会员春节茶话会。其时，我与缪俊杰兄同处一席，正在叙说念想会有哪些熟悉的友人到场，却见顾骧先生自门外走进高阔的厅堂，边走边与熟悉者颔首致意，在厅堂西侧一张圆桌前落座。他还是那个风度翩翩的样子，脸上还是带着温和的笑容，神情意态并不似年逾八旬的老者，只是手中多了一根拐杖。我与缪俊杰兄一道，穿过几排人影晃动的座席，特意到顾骧先生席前致意问候，他仍如往常一样同我们这两个熟悉的友人握手寒暄。彼时情景历历在目，方及一载，那么鲜活的生命怎就会没有了呢？这确实无法令人置信。我知道，顾骧先生离休后依然忙碌，社会活动不少，也时常去外地参加专业会议或出游。也许，顾骧先生这次是怀着半生乡愁，去探望他离开几十载的盐城故里去了？也许，他在探望故里之后又往江南云游去了？

我记起晏殊《蝶恋花》中的词句："昨夜西风凋碧树，独上高楼，望断天涯路。欲寄彩笺无尺素，山长水阔知何处？"顾骧先生已经远游，今年春节若再有茶话会之类活动，怕是也见不到他了。这半阕词，正可借以表达我此时失友的怅然之痛。

我与顾骧先生相识已有40余载，最早的一次谋面当在20世纪60年代后期。那时，他还在中央音乐学院供职，与我的同窗学友方承国兄同在该院任教。他们曾一起到驻河北的某个王牌军"下放锻炼"。部队领导知道他们是来自京城的高校教师，便分派他们返京向军队报社投送稿件。那个年代，基层部队很看重在新闻媒体上露面的机会，尤其是在军报的上稿率。有一日，方承国兄和顾骧先生到我供职的《解放军文艺》编辑部，希望我帮忙沟通，办成这件给军报投稿的差事。虽是匆匆一面，印象已不真切，但依稀记得顾骧先生文质彬彬，寡言沉静，年纪要比方兄和我大一些，却仍然显得年轻。此后多年，并未有机会交往。

真正与顾骧先生熟识，则是在20世纪80年代中期以后。先是在一次文学社团的学术年会上重新结识，知道他已离开学院进入文联、作协系统。后来他到中国作协创研部任职副主任，参与引导、组织文学创作和理论批评活动，为蓬勃兴起的新时期文学破冰开道，鼓风扬帆。他自己也写了不少为新时期文学鼓与呼的评论文字，受到业界和读者注目。我曾为所在出版社文学书刊新作品的评介推荐，与他所在的部门多有联系。他对于军旅文学在新时期的破茧重生，迅捷发展，新人佳作层出迭现，同样也很关注。他和他的同事给予我们不少切实的帮助和支持，他自己也为我们刊物撰写过研判军旅文学创作问题的理论批评文章。由此，我与顾骧先生逐渐熟悉起来，多有机会晤面和交谈，而因有同窗学友方兄与他相熟的关系，似乎还多了一样话题。

大约是在 1987 年秋季，我所在的出版社同中国作协创研部和江西省文联合作举办过一次革命历史题材文学创作研讨会。此前，由于感触到新时期文学的繁盛发展，其突破与创新的着力之处，多在表现新中国建立以后的当代现实生活层面，而表现革命历史与战争生活层面的创新之作，似乎短缺稀少，也落后于当代现实的书写。想趁黎汝清的长篇小说《皖南事变》出书之机，借助一次这类题材的创作研讨会加以促进。我将这一提议向顾骧先生陈述，立即得到他的赞同和支持，并经中国作协创研部与江西省文联协商，决定由三家联合举办这个研讨会。研讨会在井冈山的一家宾馆举行，时任中国作协负责人之一的鲍昌先生专程到会致辞，王愿坚、萧玉、黎汝清等军旅作家和杨佩瑾等几位在革命历史题材方面活跃创作的江西作家应邀到会，还有京赣两地部分评论家参与研讨。我与顾骧先生朝夕相处数日，共同主持研讨会，领教到会作家和评论家的议论见解，会后又一起瞻仰这块革命圣地诸多历史遗迹，领略它那奇伟秀丽的自然风光。顾骧先生温文尔雅的风度，持重老成、平易随和的性情以及明澈的理性思辨能力，都给我留下深切印象。自此以后，我与顾骧先生的交往似乎多了一些，感觉彼此接近了不少。

顾骧先生和我同为 20 世纪 30 年代生人，即所谓“30”后，他在头我在尾，他比我年长 9 岁。但他竟是抗战后期投身革命队伍的，年仅 14 岁即为新四军的一名战士，可谓年轻的老革命。他比我这个20世纪60年代初投军的学生兵不仅早了17年，而且是隔了一个时代，我不能不在心目中将他视为前辈。然而，顾骧先生绝无由资历衍生的某种意态和做派，不论对待我或是与我年龄、经历相近的同道中人，均以朋友之礼平等相处。部门里的下属从不称呼他的职务官衔，径直称呼“老顾”，熟识的友人无论长幼也皆如此称呼他，仿佛这称呼更为亲切而不会生分。顾骧先生在中国作协创研部工作的时间不算长，此前曾在几个院校和党政机关频繁转换工作，但离休之前选定的岗位似乎更适宜他的性情和志趣。他在那里广泛接触着文学领域的各类实际事务，感受着变革年代文学的勃兴和新思潮的涌动，他以务实的工作和勤勉的阅读写作，为助推新时期文学在变革中前行尽了一己之力。他在退出工作岗位之前所经办的一件要务，或许便是第三届“茅盾文学奖”的评奖工作。他和创研部的同事们受命组建评奖办公室，承担了这次评奖活动的具体繁杂事务，直到1991年春，由陈荒煤、冯牧二位文学界前辈领衔的评奖委员会的终评会上，最终评选出本届获奖作品。年轻作家路遥的《平凡的世界》、女作家凌力的《少年天子》，作为那个时段更具变革时代气息与现实主义特色的佳作和有新颖视角与独特探求的历史小说，被郑重推出。我有幸作为评委忝列诸位前辈名家之伍，而顾骧先生并未作为评委，只是列席了终评会。但这一届评奖的完满收官，确也倾注了他的不少心血和劳作。当顾骧先生作为评委参加第四届“茅盾文学奖”的评奖会议时，已是在他离休数载之后的事了。

离休后的顾骧先生活得很忙碌，也很潇洒。他时常参加各类专业会议和学术活动，或在京城或去外地，平日则在家中闭门读书写作，有时趁周末还去舞会跳上几支舞，严寒季节又能在他寓所附近的什刹海坚持冬泳。有一日，我到他在地安门外帽儿胡同的寓所拜访，见到他正在伏案写作，书桌上摆放的小收录机还播放着乐曲，似乎是一支外国经典名曲。与经典乐曲相伴沉入写作，不知是否属于顾骧先生特有的书写习惯？或许，这与他当年在中央音乐学院工作时受到过朝夕熏染有关，他在离开多年以后还不时回到学院去听音乐会。顾骧先生阅历繁富，兴趣广泛，是一位热爱生活、懂得珍惜生命的文人，却也是对亲历的动荡时态敏于省察、长于反思的文人。处身于文学的变革时代，他像是一名老战士投入为文学破冰开道的前驱行列，对于那些冲决旧有藩篱的勇敢探索与艺术实践给予坚定支持，对于某些僵化理念及陈识旧见勇于提出质疑和挑战，敢言肯辩，据理力争，在这位有沧桑阅历的年长者身上更似有青春的热力。这一点颇为同道友人敬服。

我退休之后社会活动锐减，与顾骧先生见面的机会也稀少，只在 21 世纪之初的一次中国当代文学研究会的年会上，与他相聚几日，又一同从桂林飞到杭州，观摩了在茅盾先生故里乌镇举行的第五届“茅盾文学奖”的颁奖典礼。此后，便很少再参与此类活动，自然也与顾骧先生缘悭一面。不过，每年春节前夕于中国作协举办的在京会员聚会上，还是可以见到他。平日里，顾骧先生偶尔也打电话来，询问我的近况。有一次，他还推荐了某位青年作者新出版的一部历史小说，嘱我看后写一点评论文字，他知道我此前写过一些关于历史小说的评论。我却因其他琐事，未能完成他的嘱托，至今犹觉歉疚。但顾骧先生似乎没有责怪我的意思，仍将他多年潜心写作的《晚年周扬》一书寄赠给我。顾骧先生晚期很少再写他擅长的理论批评文章，那是由他当年在人民大学攻读哲学研究生时打下的理论功底所支撑的。他转而写散文，用他的阅历体验及思虑真情灌注文字，记事忆人，感物抒怀，另辟一块写作天地。

顾骧先生迁居南城以后，地远影稀，久疏音信。但在中国作协每年一次的春节茶话会上，我照例是要到他落座的桌旁当面问候的。而今，上苍竟无情地剥夺了这个机会，令我与这位师长一般亲和的友人的面晤聚谈，变成了蓬山远隔的长久忆念。

2015 年 2 月

淡交如水

“君子之交淡如水”，这句古人留下的格言曾长久令我不得要领。经历过人世的风雨，阅览过光怪陆离的浮生百态，尤其目睹了本为朋友的同道中人相轻相妒、争斗倾轧、势同水火的怪现状，遂让我渐渐领悟到这句格言的内蕴。朋友之交，贵在彼此的相知、相敬、相恤，而不掺杂世俗的利害关系，才能保持友谊的清纯。像杜甫与李白的友谊，契诃夫、高尔基与老托尔斯泰的友谊，皆是此种清纯之交的文人佳话。一旦这种交往被夹裹进世俗的利害打算，就如给清清亮亮的泉水投入浊物，必定被污染而变味。细细揣摩这个“淡”字，确能体会到古人交友之道的大智慧。

我生性不善交际，又疏于应酬，却还是在职场或非职场的各类活动中结识了许多友人，由文事而结识的友人亦不少。其中有些友人与我并非过从甚密，只是在一段时间内有些交往，且因异地而居，连见面的机会也很少，但我仍可以体会到此种如水淡交的特别意味。也许是“距离产生美感”，在我心底总会珍藏着友情的记忆，一旦翻拣出来，便唤起我与这些友人交往旧事的回想。

潘旭澜先生或许是与我交往不深而给我留下过特别印象的一位友人。我与潘旭澜君最初的相识，当在 20 世纪 60 年代，所谓“相识”并非晤面或交谈过，只是读其文而知其人。那时，我在《解放军文艺》月刊做编辑，潘旭澜是热心支持这个刊物的作者之一，他与曾华鹏合作撰写的有关军旅文学作品的评论，有几篇就刊载于这个刊物。我由此得知他是一位在大学里教书的先生，且是专注于当代文学研究和理论批评的学者。进入 80 年代之初，新时期文学呈现出前所未有的生机与活力，一批勇于冲破陈旧思维范式的作品，以其呼唤变革时代到来的忧思与激情，在广大读者中引发轰动效应。而一群感应着改革开放的时代脉息，为不少新锐作家破除思想樊篱、直面变革现实的艺术实践呐喊助阵的批评家，则成为助推新时期文学潮流奔涌前行的鼓手。潘旭澜是这群批评家中的一员，他的不少评论文字对这类新时期文学作品辨义析理，扶助褒扬，坚定地予以支持。因在刊物编辑部工作之便，我也开始关注包括军旅文学在内的新时期文学活跃发展的态势，自然也与这群批评家中的不少人有了较多的接触交流，与潘旭澜先生的结识交往便在此时。

大约是 1984 年初夏，在兰州召开的中国当代文学研究会的年会上，我第一次见到潘旭澜先生。虽是初次谋面，却由文字而相知多年，恍如神交已久的故人。他高挑个儿，面庞瘦削，身形单薄，如一根孤高细弱、不堪摧折的青竹。他说话慢声细语，斯斯文文，确如长期在校舍内传道解惑的老先生，其实他只年长我几岁，彼时不过五十开外的年纪。他那带着闽南口音的普通话，竟让我想起几位带着同样口音的大学同窗。初次见面，彼此交谈不深，但从他的言谈话语中却让我感觉到他对同道者的友善坦诚。此后，我与潘旭澜先生见面的机会仍很少，差不多要隔一两年才能在外地或京城的某个集会上见到一次。但这样稀缺的接触交往，并不缩减彼此间对于友人的关注。我从两位毕业于复旦大学的年轻同事那里，听到过他们对于潘旭澜先生的印象和评价，知道他在人品、师德以及治学态度上颇受青年学子的尊敬。而潘旭澜先生对于我个人的评论写作似乎也有所了解，有一次在集会上见面时谈及军旅文学的话题，他提到我的一篇关于长篇小说《东方》的评论和他的一篇重评《保卫延安》的文章，有相近的看法和愿望，都表达着对于当代军旅文学发展演进的关注。彼此熟识以后，他有时也会在不经意间对我敞露心曲。在京城的一次集会上见面时，我们于会间休息之际一起吸烟聊天，他忽然向我表露了某种感慨，他说搞文学评论的人要有一点创作实践才好。他知道我曾经写过诗，他表示自己也要试着变换笔墨，写一写散文。我不清楚是什么缘由引发了他的这番感慨，但其后他果然就写了不少散文，而且有几篇辨史明性的文章在读者和同道友人中引起了不小反响。他的言出即行，敏于开拓为文疆域的执着，颇令我感佩。

90 年代初，我被调到另一家军队出版社任职后，与潘旭澜先生见面的机会更少，以至于在较长一段时间里得不到这位友人的信息。我知道他生性不喜张扬，只默默地教书和做学术研究，在他身上还保留着某些传统文人的本色。或许他专注于某项教学科研事务而不能分身。1993 年夏季，我忽然收到一包寄自上海的邮件，打开来看时，竟是厚厚的一部《新中国文学词典》，封面上标示的主编就是潘旭澜。果然，久疏音信的友人几年来做着这样一项大工程。这部收录词目4200余条、全文180万字的大型辞书，涵括了自1949年7月首届中华全国文学艺术工作者代表大会至1989年9月逾四十年中国当代文学的史实，包纳了作家、评论家、翻译家、编辑家等各类文学人士，文学作品和文学理论批评以及文学事件与文学现象，体制完备，资料翔实，是较早出版的颇具特色的当代中国文学辞书。潘旭澜先生引领着一批年轻学人历时五载，完成了这样一件大制作，为新中国文学四十年发展演进的历史，留下一份客观、忠实的记录。此后不久，我又在《随笔》杂志上读到潘旭澜先生忆述这部辞书编纂经历的文章，他和他的同事们为编成这部有开创性的辞书，为当代中国文学史绩的搜集梳理所付出的殚精竭虑的劳作，不禁令我肃然起敬。

多年以来，潘旭澜先生寄赠的这部辞书一直放在我的书橱中随手可取的位置，便于我在撰文时查证所需资料之用。尽管这些年已出版的同类词典不计其数，有如开发商们在城镇乡野矗起的密集楼群，我还是愿意相信潘旭澜先生主编的这部词典，觉得它较为可靠。这部词典对于所涉文学史实的撰述，平正客观，扎实稳重，既不僵硬，又不偏执，正如潘旭澜先生为文的风格。每当翻阅这部词典时，就像是与熟识的友人重逢，让我感到友情的温暖。

此后一年的夏秋之交时节，我曾出差去上海，住在五角场附近的一所军队院校内，距潘旭澜先生所在的复旦大学校区不远。公务之余，我忽然生出想去看望这位友人的念头，经过电话查询，得知他的具体住址，便在一个下午前往他的寓所登门拜访。潘旭澜先生午休过后刚起身，对于我的唐突造访虽略感意外，却也未显得格外兴奋，更像是同一位经常往来的友人那样娓娓交谈。他操着我久已熟悉的带有闽南口音的普通话，慢声细语、不疾不徐地与我对谈了一些文学界的现状，彼此的工作及写作的近况，不知不觉便过去了一个多小时。我不能占用这位友人太多时间，遂起身告辞。本想他送客至寓所门外即可止步，不料他担心我不熟悉周边道路，竟坚持要送我一程。他晃动着瘦长的身躯，迈出沉稳的步幅，在人行道上同我边走边谈，一直走过好几条街道，几乎就要抵达我的临时住处。我不忍心让他再送下去，便停下脚步执意请他返回。或许他也感觉到已距我的住处很近，不至于迷失方位，便不再坚持，与我握手道别后即原路折返。下午的阳光辉映着繁华喧闹的街市，我目送着他那青竹一样瘦长的身影在不远处闪动，渐渐地隐没于人流之中。我忽然记起李白《赠汪伦》的著名诗句："桃花潭水深千尺，不及汪伦送我情。"我自然不能谬比先贤，但眼前这位友人长路送行之举，确令我体验了先贤所咏赞的那份真诚的友情。

没有料到，这次登门造访竟是我和潘旭澜先生的最后一次见面。进入21世纪以后，我与他久疏音信，或许我们都跨进退休者之列，参加文事活动及社团集会稀少，见面的机会自然难得。前些年，我参加由中华文学基金会经办的"21世纪文学之星丛书"编委会的活动时，在某一届"年卷"的编审中选出了一位青年女作者的散文集，有人介绍这个作者是潘旭澜先生的女儿，这让我颇为惊喜，更为老友教养了一个有才情的后代而甚感高兴。我想起当年潘旭澜先生曾向我表露过要试写散文的意愿及此后的写作实践，他的这种不断进取的文学追求，如今又开花结果，延续至他的后人。而这位在文学批评和文学研究方面颇有建树的友人，变法图新，转试散文写作的努力，也无形中触动和启发了我。进入耳顺之年，由各种因素的制约，我已不再专心侍弄文学评论，也开始写起了散文随笔之类文字，将这类可以直陈个人生存体悟与思致情感的书写，当作弥补自己人生缺憾的实验。在21世纪第一个十年的后期，终于编定并出版了一本散文随笔。我正待将这本新书寄往上海，向这位老友呈报自己学写散文的最初试卷，却无意间从媒体上看到几篇悼念潘旭澜先生的文章。这噩耗令我震惊，使我悲戚，也引起我对于已逝者的痛惜和追思。我的脑海中不时闪现出这位友人文质彬彬、敦厚温和的样貌，他与我的交谈中推心置腹的话语，闪现出他移动着青竹一样的瘦长身躯在长街为我送行的情景。我抱憾在他生前没有更多机会与他倾心交流，从他那里获取教益和启迪。而今，这位可尊敬的友人去了另一个世界，我的这本小书又该寄往何处？呜呼！

2010年11月草

木鼓沉声

知道诗人公刘之名，是在20世纪60年代初我到军队所属的一家文学刊物编辑部工作以后。从年长的同事和诗人李瑛、纪鹏那里，听说公刘曾在军中服役，是50年代中期崛起于云南边地军旅的一位有才华的诗人，后被召至总部从事专业创作。我那时正值迷恋诗的年岁，读过不少当代诗人的作品，也包括公刘的一些短诗和《阿诗玛》《望夫云》等长诗。公刘的诗中对于西南边地山川风物的奇丽景象和士兵情怀的诗意抒写，对于边地民间传说和歌谣的创意改制及呈现的新颖优美意象，曾引起我对彩云之南的那片神奇土地的向往。

由诗及人，我只能推想从未谋面的这位曾在军旅、颇具个性的诗人的样态。不料，20多年以后我竟在安徽省城第一次见到公刘，那是一个偶然的机缘。20世纪80年代中期一个春夏之交的季节，《小说选刊》编辑部邀请各地文学期刊的同仁在黄山脚下集会，研讨小说创作现状，交流各家期刊的信息。会后，几位来自北京的同仁转道合肥，准备从那里返京。有人提议，趁便看望一下住在省城的几位老作家。于是，我们便在省作协一位朋友引领下，来到公刘的寓所登门拜访。挣脱了多年厄运以后的公刘，没有回到江西故乡，却定居于安徽省城，担任省作协副主席及文学院院长。复出后的公刘诗文并作，颇显活跃，其诗意蕴深沉、峻切，多见直面现实的理性锋芒，其文论则坦诚直率，常带论辩色彩和精辟之语。见到公刘的最初印象，与我早先推想的那个才华绽露的青年诗人的样态完全不符，他中等身材，面容清癯，戴一副老式的圆框眼镜，颔下蓄着一部长髯。按时序推算，当时的公刘未及花甲之年，然而其样貌更似私塾里一位饱经忧患的老先生，人间沧桑给予他的体态和心灵留下太多深深的刻痕，同我见过的有些被称作“归来者”的复出作家那种逢春回暖、意态飞扬的状貌也不相同。由于事先已经告知，公刘对于我们一行人的造访并不觉得意外，他与我们平和友善地交谈，像熟识的友人漫话家常。从交谈中得知，现时的公刘只有一个女儿陪侍在旁，与他相依为命，在这简朴、温馨的寓所中迎送着平静的岁月。但公刘对于外面的世界及文事却并不隔膜，其诗文就时常表达出他对社会与文学现状的系念与感应。

从知道公刘到第一次见到公刘，仿佛经历了漫长的世纪，但让我进一步感知诗人公刘，从他冷寂的形貌底下察觉到默默燃烧的生命之火的，却是后来读到的他的一篇小说。20 世纪 80 年代后期一段时间，我曾应《人民日报·海外版》的一位编辑朋友之约，为其主持的副刊写过几篇新作评介。那位朋友特意推荐了公刘的一篇短篇小说，嘱我撰写评介短文。小说的篇名已记不准了，但那故事的叙述却给予我一种心灵的震撼。小说写的是解放军挺进云南的途中，一支小分队奉命穿越佧佤山直抵边境，为后续部队开辟通道。但小分队的行进却受到当地佤族部落的阻拦，部落头人不允许外乡人擅闯他们所敬畏的神山，经过一番谈判，部落头人答应按当地以牛头献祭神山的习俗，要小分队留下一颗人头方能借路前行。军情如火，不容迟缓，带队的连长毅然决定用自己的人头借路。献头的那一刻写得惨烈而悲壮，山风呼啸，四野低垂，佤族的木鼓声时急时缓，沉实而激昂，在山谷中久久回响，叩击着现场众人的心扉。带队连长的以身献祭终于赢得了时间，赢得了顺利进军的通道。这个奇异的故事或许不是公刘所亲历过的，但在故事发生的年代却并非罕有。多年以后，公刘将它写成小说，显然融入了自己的生命体验与情思。小说无疑颂扬了带队连长那忠诚于使命的献身行动，那为理想的事业而从容赴死的高贵精神，然而，带队连长的献身却又成为某种蒙昧旧俗的祭品，则令献身的悲壮不免裹挟着心灵的哀痛与无奈。这篇小说与一般写英雄故事的套路不同，它不仅有高扬的使命意识和理想色彩，更涵纳了对于生活历史的沉重反思和多层意蕴的人生况味。我的短文只是在故事的简要复述中略加评点，还不是一篇有充实的分析论述的评论。但过后不久，那位编辑朋友便告诉我，公刘先生竟特意请她向短文作者转达谢意。我似乎感到这位诗人也关注他的这篇小说在读者中的反映，希望得到能解读其思绪衷肠的知音。

20 世纪 90 年代初期的一个春季，受云南省作协之邀，我们一群来自全国各地的文学界朋友到思茅地区采风。一行人走过地区所辖 10 个县境，饱览了不少边地民族聚集处的自然风光和民族风情，其中就有公刘的诗与小说中写到的西盟。我们乘车在烟尘滚滚的山道上奔波了几个小时，终于在日落时分赶到佧佤山巅的县城，人人都显得十分疲惫。西盟的自然环境似乎与旧时没有多大变化，回望山高云深的来路，我不禁想到当年奉命进军云南边境的部队官兵，徒步穿越佧佤山时经历了何等艰辛的跋涉。但在新中国成立几十年后，西盟的社会环境显然有了不少变化。我们在县城的一所小学里见到一群天真活泼的儿童，正由一位健壮美丽的女教师带领演练团体操。这群少年和他们的教师，或许都是当年栖居山野的佤族部落的后代，却不再像其先人那样手执刀矛在山野间奔波狩猎，警觉地戒备外来者的侵袭，他们已经在领受现代文明的熏染。我们还在山间的一块坝子上，看到一群当地民众正在击鼓吹号，演练民族舞蹈，不知是准备迎接什么节日，还是专意为外来的客人做演示。据当地文友介绍，以牛头做祭祀的旧俗已不复存在，为发展农业生产，此地民众更珍惜已稀少的牲畜。在这里，我第一次见到佤族的木鼓，它不像北方民间常见之鼓那样浑圆粗大如同磨盘，却是中间略细而两端呈喇叭状的长鼓，可以挎在腰间两头击打的。木鼓声沉实有力，在山野间悠悠回荡，令我联想起公刘的小说描述的那个献头借路的悲情故事，似乎几十年前就发生在这里。而今时移境迁，物是人非，但公刘写下的那个撞击人心灵的故事，依然留存着超越时空限度的深长意味。经历过人生厄难的公刘，并未任岁月全然抹去青春年代曾有的那份为使命而献身的情怀，却又不能不为古老民族的旧俗和现代迷信所制造的愚昧的祭品而哀痛，并借由声声木鼓发出催人警醒的心音。

我与诗人公刘只有一面之缘，不过，从他后期的诗文中可以察觉到这是一位有定见的作家，不曾因生活的磨难而消减了文学与人生的信念和对事物的基本判断。20世纪末，在急剧变动的社会转型初期，曾刮起过一阵热炒“大师”、推销“经典”之风，或将有些旧时不被关注的另类作家及通俗作家奉为“大师”，或将某些未经时间检验及只为某类精英人士认可的作品列入“经典”，显现出一些当代人急于证实自己时新理念与诉求的精神焦虑。公刘先生对于此类降格失准、迷惑受众的好事喜功之风，颇不以为然。他在《光明日报》发表短文《且慢“经典”》，就给这股滥封“经典”之风浇了一盆冷水。公刘并不以自己的诗作也被列入“经典”而自感尊荣，也不认为自己的诗作具有“经典”资格，却由己推人，对此种良莠不齐、鱼龙混杂的滥封而使“经典”贬值的炒作提出质疑。公刘反感滥炒“经典”之风，缘于他对真正的文学经典怀有崇仰之情和敬畏之心，不会为各式新异理念的盛行而改变对于文学经典永存价值的定见，却认同从《诗经》到唐诗宋词这些跨越时空之限的民族艺术瑰宝，才是衡量文学经典之价值的真正标杆。这篇短文又让我想起公刘的那篇小说中激昂回荡的木鼓声，它似反省，又似警示，仿佛是提请人们不要在清扫积淀已久的旧日愚昧之际，又来制造什么新的现代性愚昧。

2010年12月草

2017年8月改

多伦道

天津的街路多向交汇，五横六纵似率性穿插，令初到的外来客辨不清东西南北，不像北京的街路那样纵穿南北，横贯东西，平正规矩，方向感强。这或许是老式商埠与旧日皇城初建时留下的不同模式所致。但天津的不少街路称为“道”，却又饶有古韵。多年以前，我去天津曾到过多伦道，那次是特为拜访作家孙犁的。孙犁先生的寓所就在多伦道。

20 世纪 70 年代后期，我所效力的《解放军文艺》恢复出刊没有几年，准备迎接文学新局面的到来。我奉命赴天津拜访孙犁先生，便是希望被压抑多年的老作家与我刊重接文脉，再续前缘，或创作或撰文，以刊物作平台为文学新局面的开拓建言述志。我在警备区招待所落脚，与多伦道相距并不远。但因不熟悉地理方位，我从上午 9 时出发，边问边寻地走了不少冤枉路，进入孙犁先生寓所时，已是 10 点多钟。

孙犁先生住的似乎是一个杂院，四周有不高的院墙与街路相隔，院门也并不正规，像是一道豁口。寓所对着院门，其身后还有一些平房与之毗连。旧时的天津有不少洋楼，大抵为达官富商所居，新中国成立以后许多年城区内的新建民居并不多，普通民众住的还是老旧平房。孙犁先生虽是入城干部，却无显官高位，只是在报社工作的有名望的文人，住在这样普通的平房民居亦不足为奇。进门便是一间堂屋，空间似乎稍大，或许因家具陈设简单稀少而显得空荡。堂屋中间摆了一张老式方桌，孙犁先生待我在方桌旁坐定，便亲自端来一杯清茶招待我这个访客。我久仰孙犁先生大名，也读过他的《荷花淀》等写得很精美的小说。我毕竟做了多年编辑，接触过一些名家，便不像十多年前初次见到作家赵树理那样兴奋而局促。我向孙犁先生直言奉命拜访和约稿的来意，转达了我的领导们对他的问候。孙犁先生欣然听我表述，似乎不觉意外，时隔多年，他也企望得到故交旧友的音讯。我不清楚孙犁先生与我们编辑部的前辈同仁的交往历史，只知道我的直接领导张文苑副社长与孙犁先生是冀中同乡，战争年代也曾在那个地区工作和战斗过，想来彼此相识。我社的现任领导和前辈，还有几位或许也是与孙犁先生相识的作家朋友，比如20世纪50年代初期曾任《解放军文艺》副总编的作家魏巍，就与孙犁先生相识于晋察冀边区，孙犁先生曾有专文评说过魏巍署名“红杨树”的抗战时期的诗作。我从孙犁先生询问一些故交近况的口吻，亦能察觉他顾念友情与乡谊的自然流露。孙犁先生并未立即应允我的约稿请求，只是说他久病初愈，尚需休养和调整，若有可能当会为我们刊物写一点文字。

这是我头一次见到孙犁先生，他身材颀长，面容清癯，其时年纪已在六旬开外，虽经大病与厄运的折磨，神情意态却未显萎靡。他的言谈清简扼要而透着和善，同我见到的几位名家相近，其言动举止仿佛溢出老式文人的气质，但对我这个并不熟悉的晚辈亦带着本色的真诚。我为这次赴津约稿无获而略感遗憾，返京汇报时也为此自责，领导竟安慰我不必着急，再等等看，或许孙犁先生那边会有消息。果然，来年初春就接到孙犁先生的文稿，文末注明“1977 年 12 月 19 日改”，正是我赴津拜访半年之后。孙犁先生不轻易许诺而默默践约，确让我领略到其务实与诚信的风度。这篇文章题为《创新的准备》，很快便在《解放军文艺》1978 年 3 月号刊出。那时，“改革开放”的战略构想尚未提出，但除旧布新却已渐成社会大众的共识。孙犁先生似乎感应到那个时代的脉息，觉察到被禁锢多年的中国文学亟待破茧而出的现实需求，这篇呼唤文学出现创新局面的文字，正表露了这位老作家的心声。通篇文章少有指涉时弊的字句，只是阐述他关于何为文学创新及创新应有何种准备的主张，但全文却带着明晰的现实指向，由系念文运兴衰而力主提振正声，以开创文学新局的思考与期盼。他特别以鲁迅先生在“五四”时代开辟了中国新文学前进道路的创新实践为范例，寄望于中国文学的变革与前行。仅仅过去两年，自 80 年代初肇始的新时期文学的井喷式爆发，变革与创新潮流的兴起，新人与佳作的涌现，便似呼应并证实着孙犁先生的期望和预见。

这次拜访之后，我没有再见到过孙犁先生，但孙犁先生并未中止对我们刊物的践约。1980 年春末，他又寄来一篇文章，题为《欧阳修的散文》，刊载于《解放军文艺》1980 年 5 月号。孙犁先生久病，80 年代后少有新作品问世，除晚期写过一些简约沉重的“芸斋小说”和怀人记事的散文之外，多以“读作品记”和序文等方式，论说他对诸多古代作家、现代作家、当今作家以及外国作家作品的见解，也表达对于文人文事乃至时风文运的观感，实则是他特有的文学批评。这一类文章，不仅能体现出他对所涉对象其人其文的某种独到见识和精辟分析，也往往流露出他自己的某些文学理念、价值取向与审美旨趣。他谈及欧阳修的散文，很推崇欧阳修自然朴实而又含蓄蕴藉的文风，赞赏欧阳修得之自然的写实功力，从平易处引出不俗道理的作文深度，更看重欧阳修为人与为文相符相契，道德与文章相统一的文人品格。这篇谈及先贤范文的文字，也像是孙犁先生自己的艺术与人生追求的表白。从他在延安时期写出《荷花淀》起，到后来陆续创作了《山地回忆》《风云初记》《铁木前传》等，他的小说创作一直保持着自然、朴素、真实、本色的艺术品格。他珍惜自己亲历过的战争岁月，热爱养育了自己的那片乡土和淳朴的乡亲。他带着深挚感情去写那片乡土曾经发生过的抗战故事。然而，他又依循真实性的艺术原则，不去写自己不熟悉的战场搏斗，也不去写夸饰的传奇故事，只是由亲历目睹的实际生活入手，朴素自然地书写家乡人民抗战生活中的平常故事。他的作品有别于其他写抗战生活的小说，并不激越豪壮，却透出内敛的炽情，又带着淀水一样清亮明丽的色调。他笔下的农村女性写得尤其柔美动人，他自称“用的多是彩笔，热情地把她们推向阳光照射之下，春风吹拂之中”。孙犁先生的创作得之自然，工于写实，而又不乏感情温度。这表明，他是从不少古代作家和以鲁迅为代表的现代作家之现实主义文学传统中汲取了营养，同时又有自己的个性创造。

进入20世纪80年代后，我虽没有机会再见到孙犁先生，却不时读到他的一些著述文章。孙犁先生对于新时期以来文学的兴盛发展，尤其在恢复和接续现实主义文学传统方面做出的努力感到欣慰，他给予不少复出的和新起的作家显露锋芒的作品以赞赏和鼓励，同时又并不讳言其艺术上的稚拙与缺失，勉励他们在坚守文学的现实主义精神和增进与时代相融的写实功力方面更有作为。他深知文学与时代的联系，与实际生活的联系，与本民族的经验和传统的联系，是文学具备长久生命力的要义。孙犁先生有不趋同世俗的清醒的眼光，在新时期文学的发轫期，曾有不少关于文学新作及时兴文风的评点，既表达他对新时期文学成绩的肯定和赞扬，也不回避其中已显露的某些有违艺术规律及通识的偏误。比如，他在小说和诗歌的创作与批评中，就察觉到某种理念的偏颇和实践的误导，或者以“创新”为由过分倚重形式上的追新逐异，而忽视艺术内容与时代底蕴的深入发掘，或者将“诗贵有我”极力放大，不断扩张自我意识，以自我为中心吐纳一切，评判一切，从神化他人转为神化自我。他反感于有些只会吹喇叭的批评家的作为，动辄将此类“新探索”当作“创新”与“突破”大加宣扬，却不知此种“探索”早年间已有国人实验过，且因疏离了时代和本土大众，也割裂了艺术整体的统一性，终究被时间证明难以有持久的生命力。孙犁先生并不守旧，只是维护他认定的文学精神。新时期后期的许多年里，这一类时新潮流之起伏沉落，偃旗息鼓，验证了孙犁先生见识之精当，也比照出有些时常随风转向的批评家的尴尬。

孙犁先生已经远去，今年应该是他的百年诞辰。在纪念和追思孙犁先生时，人们常常推崇他不俯仰于时政、不媚俗于权势的文人风骨，称赏他如清水荷花般自成一体的文章风采，这自然是不错的，也恰切道出孙犁先生独立不羁的人品与文品。然而，孙犁先生的此种文人品格，却是养成于他生长的时代环境，养成于他所仰慕的以鲁迅为先驱的中国新文学传统的陶冶之中。他始终热爱家乡土地上那些面对强暴势力不卑不屈、坚忍战斗的普通民众，鄙夷那些欺凌、践踏人民意愿的邪恶族类，有爱有恨方能为文。他一直秉有高洁自持的品性，正是他早年养成的与普通民众相亲相守的诚朴信念的延续。孙犁先生坚守文学的现实主义传统，希望中国的文学继续发扬这传统，却并不排斥外来文学的影响，他自己的创作也汲取过西欧和俄罗斯文学的滋养。他对新时期文学初始阶段出现的某些创新探索中的偏误，有过坦诚的告诫和提醒，也是期望新的文学避免脱离本土经验和民族民间情结，不要陷入自大与自欺之迷途。他自己就对有人称他开创了“荷花淀派”之论不以为然，明言并未真正形成此一流派之实。这不是他的谦恭，而缘于他的务实、求真和对于文学创新的敬畏。其实，孙犁先生在众言汹汹、唱好新时期文学昌盛形势之际，独发此类不合时宜之音，并不是要唱衰这形势，而是以逆耳箴言令年轻同行们保持一点清醒，是为了新起的文学更健壮地生长。这与有些对崛起的文学新潮今日唱盛、明日唱衰的文士名流，不可同日而语。不趋时尚，不媚流俗，不忌惮表达逆势背时的识见诤言，正是孙犁先生独立人格的另一种体现。进入 21 世纪十多年后，回望新时期以来中国文学迤逦前行的历程，各类文学潮流与理念乱花迷眼、此消彼长的景象，我会时常记起孙犁先生那种历经沧桑、看破人事与文事冷暖的超然识见和为人为文的定力，又浮现出在多伦道的那间堂屋里见到的孙犁先生宁静淡远的神态和明澈的目光。

2013 年 3 月草

2017 年 8 月改

杏石口

北京的旧有地名称作“口”的不少，像六部口、灯市口、前门外的鲜鱼口等，随着城市扩展，道路改造，增加了许多新地标，但有些称作“口”的地名仍沿用至今，有些则渐渐消失或更换了。二十世纪六七十年代，我有时要去北京军区大院拜访作者、约稿或办理其他业务，从位于城区旃坛寺的编辑部到西山一带的军区大院，要换乘两次公交车在路上颠簸一个多小时。彼时感觉路途漫长，却记得必定要经过叫作杏石口的车站，那里似乎是劈山开路所形成的一条山道，过了杏石口，离军区大院就不远了。80 年代以后，单位里有了公务车，再去军区大院就方便了许多，有时选择其他行车路线，也不必经过杏石口。但在我的记忆中，杏石口却是同我熟悉的诸多军区作家相关联的一个特色地名。

谈及杏石口，自然会提起久居于军区大院的作家魏巍。这不仅因为他那时已是颇有名气的军旅作家，还由于他和我们的刊物关系甚为密切，20 世纪 50 年代初期他曾任《解放军文艺》副主编，是我所尊敬的军中文学前辈之一。我同魏巍先生（这种称谓或许不为他所习惯和喜欢，若作为敬语也许可以谅解）的直接交往并不算多，却也有过数次接触。20世纪60年代上半期，我曾随老领导张文苑去军区大院拜访过魏巍先生，那时他还担任军区文化部部长，事务繁杂，无暇写作。那次见面的印象已经模糊，依稀记得他似一位和蔼稳重、谈吐不俗的长者，其时他不过四十多岁。他创作的长篇小说《东方》于1978年正式出版，当我从《人民文学》杂志上读到选载的前10章时，立即被吸引住了，仿佛从荒芜已久的田园中蓦然见到一簇油绿的青苗、绚丽的春花。小说前10章对那些解放初期冀中平原上民俗风情的描写，如诗如画，声情并茂，我很久没有读到带着如此清冽的秋日露珠、泥土气息和青草香味的作品了。《东方》的出版在社会读者中引起不小的反响，好像是从封冻的冷窟挣脱出来的文学所新发的芽苗，让人们察觉到文学复苏的先兆，也为沉寂凋零已久的军旅文学带来振兴的最初希望。那个时段，《解放军文艺》编辑部正在举办小说创作班，为军旅文学重新起航培训水手并积蓄动力。魏巍先生应邀为学员们授课，讲述他创作《东方》的缘起、经历和切身体验。这次讲课经整理成文，不久便在《解放军文艺》上刊载。军旅文学在20世纪80年代初期迅速崛起并走向兴盛，魏巍先生和他的《东方》无疑起到了最初的引领和助推作用。

《东方》的创作成绩给魏巍先生带来新的声誉，1981年第一届“茅盾文学奖”评选结果公布，《东方》列入6部获奖作品之中，是唯一出自军旅作家之手的获奖作品。这一评奖结果更引起我对魏巍先生这部新作的关注，开始对整部小说的细读与思索。我发觉，《东方》和产生于20世纪50年代的《保卫延安》

《红日》《林海雪原》等军事题材小说名著相比，在创作理念、艺术格局上已有不少变化和演进。诸如，它对于战争和军人生活的描写，不再拘泥于战场，而是延伸到战场以外的社会领域，将前方战场与后方农村生活连接贯通、穿插交错起来，从较为广阔的社会历史环境中表现战争和军人生活。它并不回避军队内部的矛盾，尝试揭示不同类型军人在战争环境下出现的道德与意识上的尖锐冲突，刻画出陆希荣这样的负面形象。它对英雄人物郭祥的塑造，不只注重刻画其活跃灵动的性格，也注重展示其情感生活与内心隐秘，绘写出他对杨雪的那种虽经曲折却始终不渝的爱情。《东方》在这些方面所做的探索，可以看出作家是要努力摆脱和破除旧有的写作模式与僵化观念给军旅文学造成的束缚。这部写于二十世纪六七十年代的小说，能有如此冲破束缚的探索，实属不易。我将此类阅读印象和思索，写成一篇有关《东方》的书评，在 1982 年的一期《文学评论》上刊出。这是我第一次写有关魏巍先生的作品评论，不料，竟让我在此后打开了观察和评说正在兴起的新时期军旅文学的思路。我由此而感念魏巍先生，正是他的这部新作给了我最初的启示，促使我以变革与开放的眼光注视新的文学现实，陆续写了一些评论文字，研读和评说不断涌现的军旅文学新作品与新现象。

1984 年春夏之交，我所在的出版社拟定为我出一本文学评论集，依循常例要请一位名家作序。老领导张文苑支持我的想法，约请魏巍先生写序，便与他熟识的魏巍先生联系并提出请求，得到允诺后又同我一起去拜访魏巍先生，将编定的书稿送上供他参阅撰文。我记得这一次去军区大院，仍然经过了杏石口。魏巍先生的寓所在大院深处的一片居住区，贴近山根而建，是一处相对独立的小院。院内有一座外观简朴的两层小楼，楼前则是一块面积不大的空地，魏巍先生的夫人来自冀中农村，依然保留着当年的生活习俗，喜欢在这块空地上种些瓜菜之类的农作物。楼内的空间不大却简约实用，一层是起坐炊饮之处，用以接待来客和家人进餐，二层则是卧室和书房，书房稍大，不过十多平方米，摆放着书桌、书柜及一对简易沙发。那时的魏巍先生还挂着政治部顾问的名衔，大约公务并不多，可以专注于写作。我们在书房落座后，先向魏巍先生表明请他写序的来意，他不假思索地爽快应允，便转换话题询问起刊物编辑部的近况和军旅文学的新动向，话语中流露出他对曾经效力的《解放军文艺》及军旅文学变化发展的真诚关注。这次见面使我得以近距离地观察魏巍先生。他中等身材，话语中略带河南乡音，其时年纪已六旬开外，看上去依然健壮，深度眼镜后面的双眸仍显得炯炯有神。这位 17 岁就投身于人民军队，沐浴过抗日战争烽火的长者，仿佛不曾消退老战士的气质神采。

当年 7 月底，就得到魏巍先生的回音，他不但写了给予这本书及作者热情鼓励的序文，还为书名《推涛集》题写了手书。我自然感念魏巍先生的盛意，却也明白他借此表达对于军旅文学评论的活跃开展，以助推军旅文学兴盛繁荣的更多期待。那时节，在军旅中从事文艺评论的写作者相对稀缺，而形势又急需造成一支能与活跃的军旅文学创作相适应的文学评论队伍。所幸，当时的文学评论阵线上军民两家已不分彼此，不少活跃的地方评论家一直关注军旅文学的新气象，给予新人佳作以适时的评说和鼓励，同时又支持军中的同行作者在更宽大的平台上演练身手。记得有位任职于《文艺报》的评论家朋友，曾设想编一本“当代作家论”，约请一些同行就一批在新时期文学初期发展中成绩显著的作家进行专门研究和批评，集多篇文论成书。魏巍的《东方》已获首届“茅盾文学奖”，自然也进入专论之列，他便嘱我写一篇“魏巍论”。但我因杂务缠身，琐事纠结，这篇文论竟时断时续地写了半年，待文稿写成，得知那位朋友编书的预想未能实现。此文便在次年刊载于《昆仑》杂志。

为了写这篇文论，不能不重读魏巍先生从早期到近期的大部分作品。我细读了他写于抗战年代的诗集《黎明风景》，这是他转战晋察冀各个战场所留下的诗的足印。这些诗质朴、真淳，饱蘸感情，让人感动，也给人震撼，正如孙犁先生在一篇文章的评点中所言，它们“近于一种低沉的召唤”，近于悲怆而有力量，洋溢着“一种人民战争的博大感情”。我由此发觉，魏巍从早期的抗战诗草，到20世纪50年代曾感染、撼动过广大读者心旌的《谁是最可爱的人》等特写与散文，直至近期的长篇小说《东方》，始终如一且愈加显著地体现出一种战士情怀和诗人气质。他是一名在战争烈焰里淬炼出火一样激情的战士，又是一位“把战争也当成诗”的作家。没有像他那样亲历过艰苦卓绝的战争生活的灵魂洗礼，便不易理解和认同他的这种为文品性。这篇文章只是从几个侧面，表述了我对魏巍的创作特色与风格的基本认识。

回想起来，我之所以关注并两度评说魏巍的创作，大抵缘于魏巍先生是我所敬重的老一辈军旅作家，更是一向以表现战争和军人生活为己任、在军旅文学发展历程中做出了重要贡献的作家，是他的作品和人品吸引了我。然而，魏巍先生却记得并尊重像我这样的晚辈的劳作，在《东方》再版后，特意寄赠一套新版书给我，且于扉页上写道："瑞亭同志存念，并感谢你对本书的鼓励。魏巍 1986 年 8 月 1 日。"

魏巍先生并未停止对于战争历史与军旅生活的专注和探索，20 世纪 80 年代后期，他用了很多时间寻踪探访红军长征路上的不少实地旧迹，搜集史料，体察当年征战环境，酝酿新作构思。在古稀之年，出版了他的另一部长篇小说《地球红飘带》。这部以红军长征史实为主干而写成的作品，似乎是第一次全景式描写红军长征这个非凡史迹的小说，它仍然带着魏巍的创作特有的那种诗性的激情。小说出版后，也获得了不少好评。虽然它不像《东方》那样，在时代转折的关口显露出某种思想艺术观念上的变革突进的开拓性探索，但魏巍的创作实践毕竟圆了不少老一代军旅作家书写长征史迹的文学之梦。

晚年的魏巍先生依然关注军旅文学的发展动态，关注那些熟悉的和不熟悉的军旅作家的成长进步。20 世纪 90 年代初，我到另一家军队出版社工作后，经手出版了战士作家高玉宝的新版自传性作品《高玉宝》，新版书对写于 20 世纪 50 年代的旧版本做了许多充实与增补，比之原书中写到的生活更有新的发掘和体认。魏巍先生熟悉高玉宝，爽快应允我们的邀请，从住地赶来参加这本书的出版座谈会。他的发言阐释了这本书的现时价值，也称赞高玉宝在写作上的可喜进步。我曾担心魏巍先生或因身体状况不能前来，没有料到他会如约到会，给予我们切实的支持。但此后我与魏巍先生的接触便显著减少，待我退出工作岗位后更难得晤面。只是在1997年下半年，第四届“茅盾文学奖”评委会的工作会议上见到他，那时他或因身体状况欠佳，并未住会，没有机会交谈。不曾想到这次相遇，竟是我最后一次见到魏巍先生。

魏巍先生辞世于10年以后，享年88岁，应属高寿。我在告别厅前目睹了纷纷前来送行的密集人群，从厅内排到厅外的数不清的挽幛挽联和横幅哀标，许多人是从外地赶来特意为他送行的。这许多送行者，只为感戴这位写出了鼓舞人心、提振民族志气的名篇佳作的军中作家。魏巍先生晚年未能继续其文学创作，却办刊物，写时论杂文，关注身边的世态时政。这位当年做过骑兵团政委的热血战士，一直坚守他为之浴血征战的信仰与追求，不为风云变幻而更改和退缩。但时代的更迭交替，社会的急速转型，毕竟令他难以适从。而他过于贴近时政、直言明志的禀性，也不免令他为之受挫。一个时代有一个时代之文学，也必有浮游于时代潮水中的标志性作家，能够超越时代限定，而在不同时代语境下备受景仰的作家毕竟罕见。即如久享殊荣的鲁迅先生，在现今年代也会不时遭逢质疑。然而，在逝去的岁月中，曾以自己的作品留下过文学足迹的作家，不论是淡泊超脱如闲云野鹤似的孙犁先生，还是常怀冲锋陷阵般的战士激情的魏巍先生，均会在尊重历史及文学沿革进程的常人心目中保留应有的位置，也不易被敬畏先辈艰辛劳作的后人所遗忘。

2013年4月草

从“百草园”到“咸亨酒店”

记不清去过绍兴几次，但印象较深的是最初的一次和最近的一次。20世纪80年代后期的一个深秋季节，我因胃病初愈，得到去杭州的一所部队疗养院休养的机会。疗养院似乎每周都安排一次外出游览，或在市区或到距省城不远的地方。那次去绍兴算是远足，坐车走了2个小时。彼时正值改革开放初期，绍兴古城也开始繁华起来，但不少街景仿佛还保留着旧貌。既至绍兴，自然要参观鲁迅先生的故居，它同这座吴越古城一样凿刻着历史的年轮和民族的灵魂褶皱，它生养了现代中国的一位文化巨人。故居正在翻修整饬，只能看到鲁迅出生的老屋与家人起居的房舍，并未见到百草园，那是先生在《朝花夕拾》一书中动情地忆述过的儿时乐园。只在先生当年入塾受教的“三味书屋”后面，见到一个小园子，但狭小且已荒芜不存野草。走出故居不远，在街面上看到了挂牌为“咸亨酒店”的小酒馆，店面不大，确有一个曲尺形柜台，旁边则是几张老式方桌。游人慕名进入酒馆，坐下来喝两碗黄酒，体验一番先生小说里写到的旧时情景，只是寻不到站着喝酒而穿长衫的孔乙己。

不知为何，拜访鲁迅先生的故居，并没有“朝圣”似的感觉，却想借此进入百年前一个日后成为醒世文人的孩提时代。文人之“伟”不由天纵，而因生命的存活所发出的辉光。我记得先生说过，天才诗人在其婴儿时的啼哭，也并非便是一首诗。先生的《从百草园到三味书屋》一文，写到他童年时喜欢老屋后面的百草园和园中的各类野草，写到这园中百草带给他的无限童趣与幻想。但童年时的先生或许不曾想到，这野草竟成为他日后立身于世的生命象征。先生经历过帝制时代的苦闷，帝制崩解后催促新生的呐喊以及沉寂后的彷徨，始终行走于豺狼当道、飞沙弥天的人世间，洞观一切既存的废墟和荒坟，记得一切深广和久远的苦痛，正视一切重叠淤积的凝血，他称许并热望多有一些叛逆的猛士出于人间，冀令其眼中天地变色，然而他只将自身视若野草。他为《野草》所写“题词”中，就自承“生命的泥委弃在地面上，不生乔木，只生野草”。他坦陈“自爱我的野草”——“野草，根本不深，花叶不美，然而吸取露，吸取水，吸取陈死人的血和肉，各各夺取它的生存。当生存时，还是将遭践踏，将遭删刈，直至于死亡而朽腐。”他希望这野草的死亡与朽腐火速到来，“献于友与仇，人与兽，爱者与不爱者之前作证”，证明它曾经存活而非空虚。相较于先生身后得到的诸多显赫华贵的美誉，我更偏赏先生的这种自喻，它至少透射出先生与古国大地根系相连的生存源流，拉近了与热爱他的凡俗民众的生命距离，也会让若干年后还在明明暗暗地冲着先生放冷箭、唾口水的时新名人们，寻不到靶标而自辱其面。初访鲁迅先生故居，没有看到百草园，却引发我对于昔日园中那丛丛野草的不少臆想，也不时勾起对于以野草自喻的先生存活价值的思索。虽经天地变色，世道沧桑，后辈人的这类思索大约不会中止。

2011 年深秋时节，我有缘到杭州的一个中国作家协会所辖的“创作之家”小住。主人们循例安排入住者去绍兴游览，自然少不了要看鲁迅先生故居。进入 21 世纪之后，绍兴古城样貌大变，楼群林立，道路宽广，车水马龙，五官所触俱能感应到现代城市的商业化气息。故居依然保留着老旧门庭模样，但内院则装饰一新，走进故居顿觉比初访时涨大了许多，也明亮了许多。终于见到了百草园，的确很大，或许与先生文章中写到的相仿，四周是一圈新砌的矮墙，而并非“短短的泥墙”，矮墙下散漫生长着一些杂草，无法辨认是否如先生所怀恋的覆盆子和木莲们。园中立了一尊先生的塑像，仿佛在守护这园子，观望熙来攘往的游人。作为一种念想，立一座塑像本无不可，却仍有一点生硬移植的感觉。我时常感慨名人故居的重修开放，总不免多了一些商业化开发的意味，而鲜能保留原有的神韵。新建的百草园，似乎也如此。时移境迁，欲重睹旧物原貌，亦属幻想。

走出故居，再到“咸亨酒店”，又是另一番景象。初次来访时门前狭窄的街路已大改，变为一个小型广场似的宽敞平台，平台上竖起牌坊式的迎客门柱，大约是为游客专设“到此一游”的留影标志。重修的“咸亨酒店”较旧时扩大了许多，分为内外两进，外间依然有曲尺柜台和几张方桌，内间却是一个高而阔的厅堂，足以摆放一二十张方桌，厅堂一侧则是布满各类吃食菜肴的取餐台，供游客选择购取。这酒店显然已非先生小说里所写的鲁镇那种小酒馆，既然到此便不妨用一次餐，体验一下这个因文获名的特定环境。几位文友在厅堂内两张方桌落座，啜饮着从前堂曲尺柜台打来的小碗黄酒，但因来自北地南国，俱非江浙人士，竟品不出这酒的佳妙滋味，无从体验那个同“短衣帮”们一样站着喝酒而穿长衫的孔乙己的心境，也难以领略先生当年写作小说时的忧愤思绪。先生从旧中国的土地上站起，阅尽晦暗国运，历经如磐风雨，竟一直系念国人的现实困境与未来命运。他既怜念孔乙己这样的落魄文人，也怜念如阿Q似的“短衣帮”，但对于这些国民为社会环境和因袭传统所制的精神弱疾却毫不留情地揭短，同样地“哀其不幸”“怒其不争”，忧愤之深广力透纸背。然而，当社会的变革与开放进入21世纪之后，国家开始富庶，民众向往优裕，商贾更追逐财富暴涨的时节，有多少人会记起先生当年的忧愤对于当下可能具有的警示呢？

离开绍兴的途中，望着车窗外一闪而过的繁华街景，我不禁又沉入此行的回味。从“百草园”到“咸亨酒店”，这两个亦真亦幻的处所，似乎是我对鲁迅先生故居最不能忘的地方。先生曾有“心事浩茫连广宇”的诗句，这两个处所正因承载着先生的浩茫心事，也纠结着先生的风雨人生，或许是走进先生心灵深处的特别渠道。先生一世都在关注文人的命运，不只因为他自己也是文人，更缘于他深知文人的现时处境和归宿，往往反照出那世道与人心的明暗底色，这是他从历史和现实的众多文人的遭遇所得到的经验。文人不容于世，固然是其自身的悲哀，却也证实着社会的并不合理与公正。文人的使命正在于改造这社会与人生。诚然，先生也曾对他所不喜欢的文人的主张和行为有过冷嘲热讽，而他对多数遭遇坎坷的文人却充满温情，寄望于未来能够出现健康而合理的新的社会，文人能寻找到安妥自己灵魂的栖居之所。不过，先生又期待文人于现实和未来的社会里，也需关注自身人格精神的健全生长。即使不能成为叛逆的猛士，也不妨去做与地火同焚的野草。先生从儿时的乐土“百草园”中获得了生命的启蒙，经历过人世间天地变色、动荡轮回之后，愈加体味了文人立世之艰维。先生以野草自喻，甘与地火同焚，以做行人夜路中的微光，却是先生认定的文人可求取的生命精神。

鲁迅先生存活于世不过55年，而他的生命精神却长存了百年，至今还为后人所仰慕、追念，或者非议、责难，他的文字和人格时常成为各类人群议论争锋的话题。希望自己速朽者，未必真能速朽，而企求不朽者，却可能极易速朽。无论文人还是帝王政要，概莫能外。现今的文人大多要比先生存活得长久，自然也不曾失去梦想的才能，但若想令自己的文字也存活得更为长久，便须从前辈先贤那里探寻生命存活的真正价值，汲取智慧与灵感，也不妨去绍兴探访先生故居的百草园。

2013年5月草

又访乌镇

2011年深秋时节，我曾得到机会去中国作协设在杭州的“创作之家”小住。主人们依惯例为入住者安排了几次游览活动，先是去绍兴造访鲁迅先生故居，也顺道看了与南宋词人辛弃疾情缘甚重的沈园。隔几日又去桐乡的乌镇，造访茅盾先生故居。这是我第二次来访乌镇，虽感到似曾相识，又觉得有些陌生，总也勾不起10年前初次到访时留下的一些印象。大约是乌镇有了太多变化，整体上成为一处正在深度开发的旅游景区。我们一行人随着导游徒步或乘船跋涉了一个上午，观赏的却是一片新开发的景区，虽有小桥流水，有亭台楼阁，有一座座现代装饰的仿古建筑，却未睹旧时乌镇的原有风韵。直到在景区外用过午餐，重新进入乌镇，走在观前街那条青石铺就的狭窄路面上，才算找回一点初访时的感觉。观前街似乎没有什么变化，先生故居的老屋也没有变化，只是游人如织，壅街塞巷，将拜访先生童年寓居的静穆心绪扰乱了。走出观前街，见到一块开阔地上的小戏台似为旧物，台上正在演出地方戏曲，戏台对面却是一座新建庙宇，俗客盈门，香火正旺。一些游人在四周或坐或行，观览庙宇，侧听戏文，待小憩之后离去。

再访乌镇，仿佛是游览了一次江南水乡的新辟景点，全然没有初访时曾有的新鲜感受和缤纷思绪。这种感觉上的落差令人错愕，又唤起我在初访时那些琐碎片段的记忆。21世纪初的一个秋季，我到桂林参加某个文学社团的年会，这是在我退休后参与有限的文事活动。年会结束之前，即得知第五届“茅盾文学奖”的颁奖典礼要在茅盾先生的故里举行。我素来景仰茅盾先生，却从未到过先生的故里，而自20世纪90年代初，又与以先生之名设立的这个奖项有些关联，曾有缘被聘为此前两届的评委，自然对其后续活动有所关注。我想若有机会观摩在先生故里举行的这个典礼，又能瞻仰先生故居，当是一桩幸事。经过担任本届评委的张炯先生的沟通，得到具体经办此事的陈建功君应允，便和亦为前届评委的顾骧先生等一道从桂林赶到杭州。

我们从萧山机场转车抵达桐乡，住进一个新建的宾馆。这座旧时县城似乎初始开发，新辟的街路宽敞平坦，但街面的商店不多，行人稀少，显得空荡荡的。次日去乌镇参加颁奖典礼，却见到人群簇拥的另一番景象。会场设在一个新建的中式楼阁似的酒店门前，空地上临时搭设了一块举行仪式的平台，台下摆满了座椅。那天到会场的，除了应邀参加典礼的各方宾客，竟有不少当地民众和游人，他们显然是被这位名人家乡所举办的此种特殊典礼吸引来的。然而天公却不作美，典礼开始前就落下阵雨，人们不得不在酒店底层的厅堂内躲雨，待雨势暂停，典礼便趁时举行，但不久又淅淅沥沥地落雨，只得在细雨中完成典礼。尽管此前也有过参加这类颁奖仪式的经历，而在茅盾先生的故乡观看这个颁奖典礼，仍让我感到新鲜特异。“茅盾文学奖”是新时期文学初兴以来备受文学界看重的一个国内大奖，它是遵照茅盾先生的生前愿望并由先生出资支持而设立的，专为鼓励国内新出的优秀长篇小说。作为中国现代文学的先驱者之一，茅盾先生为新文学的开拓与发展做出过多方面的贡献，他在长篇小说创作上也有丰富实践，其《子夜》则成为现代文学史上较早具备长篇规范和现实批判精神的名著。茅盾先生在晚年愈加关注当代中国文学的成长与进步，评点和识拔过不少有生气的新起作家，也很看重长篇小说的新气象，曾有专文评说姚雪垠的《李自成》。先生提议专设奖项，鼓励长篇小说佳作，正表明先生对于新时期中国文学，尤其是长篇小说的繁荣发展寄予厚望。“茅盾文学奖”自 1981 年起，已历经四届评奖，获奖作品近 20 部（包括两部获荣誉奖的作品），社会影响日益广泛，在本土作家和社会公众心目中，也成为分量颇重、荣誉特高的文学奖。茅盾先生一生对于中国新文学的贡献和影响，虽经世道沧桑与文运嬗变，也遭到过种种怀疑、拒斥和颠覆，却无可置疑地留存于历史现实之中，延续于 21 世纪中国文学的生长进程之内。就私心而言，我这次争取观摩颁奖仪式，并非要赶场忝列盛典，实为借此机会拜访从未到过的茅盾先生故居，以偿多年的夙愿。

果然，颁奖典礼结束后，与会者便进入参访茅盾先生故居的活动。先生故居在镇上观前街的中段，虽称作街，实为一条宽仅两三米的长长的巷子，地面铺着青白相间的条石，或因靠近河道又多经阴雨，走上去感觉湿漉漉的。街巷两旁的店铺和民居，一色的木板门墙，低矮陈旧已不辨原生木质，若无门脸相隔，几乎难分各家各户。先生旧居是一处两进四开间的楼房，楼内空间逼仄且光线暗淡，远不及旧时城市里的楼宇。据先生在《自传》中忆述，这处楼房原是其祖父一辈为在外经商多年的曾祖父告老归乡所建，不料，竟被归来的曾祖父斥为鸟笼。沈家几代20余口人，就在这鸟笼似的楼内住了多年，先生的童年和少年时代，也是在此老屋中度过。故居内的陈设仿佛依然保留着旧时模样，只是加了一些展览图片，有一幅图片介绍到先生的母亲，大约由于母亲是对先生教养甚力、影响最深的亲人。

世上有不少豪侠之士与方家名流，其身后总立着一位溢出浩荡母爱的女性。茅盾先生的母亲便是如此。母亲本名陈爱珠，娘家祖辈行医，看重子女教养。母亲在少女时便读书识字，能写会算，历练治家本领。嫁入沈家后又相夫教子，操持起大家庭的家务。先生的父亲16岁中秀才，后因乡试未中，转投岳父学医。但父亲思想开化，喜好数学与生光电化一类新学，而不满于那些不堪实用的旧典，也要母亲读一些新学书籍。先生8岁时父亲大病，延宕3年而卒。母亲实则担负起教养先生及其小弟泽民的职责，成为先生第一个启蒙老师。先生后来去湖州、嘉兴读中学，又到北京大学预科进学3年，乃至进入商务印书馆从业，一直得到母亲鼎力扶持。先生的学养和兼修博取的智力才情，显然得益于童蒙时代母亲的传授与影响所打的底子。先生晚年仍不能忘怀母亲的恩养教诲，曾有诗述及此情："昔我少也孤，慈母兼父职""课儿攻诗史，岁终勤考绩""管教虽从严，母心常戚戚"。先生在另一首诗中，更赞美母亲的识见不俗，"平生意气多自许，不教儿曹作陋儒"，实为乡党所称之“女丈夫”。先生的毕生功业和成就，浇灌着母亲这个伟大女性的心血。

走出先生故居，在镇内各处漫步游览，眼前是一色的木屋窄巷，脚下有相类的短桥流水，却想象不出先生自述的那个商贾云集、店铺林立的当年乌镇之繁盛景象。时代在变，乌镇在变，先生辞世亦有 20 年。然而，先生的慈母在老屋里课儿攻读的影像竟宛然在目，历久弥鲜。初访先生故居时留下的感觉印象，至今未曾消退，那是触动着造访者的情感经验而极易引发共鸣的东西。我也由此发现，作为新文学先驱者的先生所固有的中国文人的习性，即对慈亲良母的笃诚敬畏和恭谨守训，实在是其立人行事的一种精神动力。这类中国式的文人情结，似乎是那个新旧时代交替时期不少敢于反叛旧世界的先驱文人的素有情态，它同这些文人对于旧传统、旧道德的攻击与颠覆并不矛盾，却是人性中不可移易的基因。“无情未必真豪杰，怜子如何不丈夫”，鲁迅的诗句确是道出了他们那一代先辈文人珍惜亲情伦理的品性操守。然而，后来者常常由观念形态的异变识人判文，给予这类先驱者为人为文的品格及丰满的精神内蕴以肢解和误读。

20 世纪末以来，经济社会和文化环境的发展演进，似乎为文学与其他社会科学开拓了自由创造的空间，却已有人在感叹这个年代精神的贫乏，难以出大作家和思想家，难以与 20 世纪初叶那个产生了一群现代文学经典作家的年代相比。尽管有人极力反驳此类“九斤老太”式的陈调，又以新获“诺贝尔文学奖”的当代作家为明证，而这类感叹和担忧亦非毫无道理。固然，一个时代必有一个时代之文学，但绝不是每一个时代都能产生文学巨人，需要巨人而未必产生巨人的时代，在人类历史上并不少见。茅盾先生那一辈人成长的时代，正是中国几千年封建社会行将解体的大裂变时代，各类社会矛盾和民族矛盾累积交错，各种思想观念冲撞厮搏，文人在精神上遭逢极大的苦闷与彷徨，只能于求索个人和民族生路的途程中，进行艰难的精神跋涉，融和着他们的生命体验，将之化为一件件文学作品。茅盾先生那一辈文学先驱者，以蘸满一代人血泪悲欢的歌泣文字，为后人留下打着那个时代烙印的真情文学。但现今年代文人的遭逢，远不及先辈文人经历过的那般繁难苦痛，也难有那样上穷下索、曲折漫长的精神跋涉。物质的丰裕增长，欲望的无限扩张，已大大压缩了精神生长的空间。图像、影视与互联网的铺天盖地，快餐式读物与浅阅读的盛行，也加剧了思维的惰性。这个追逐享乐而不需要提供思想的消费时代，恐怕难以造就出多么伟大的文学。

又访乌镇，在茅盾先生故居前徘徊时，总感觉此处原有的文化意味，竟被商业化色彩所覆盖和冲淡了。我快步走出观前街，却不免惆怅地回望，那个曾经存活过的文学时代已然远去了。

2013 年 5 月草

呼兰寻踪

去呼兰县访问萧红故居，只是一个偶然的机会。20世纪90年代前期，有一年忽然接到同班学长曲若镁先生来函，邀我去黑龙江大学参加一个当代文学的专题研讨会，时任该校中文系主任的曲兄正筹办此事，也邀请了一些在京和外地学者与评论家。我与曲兄自毕业后已多年不曾见面，自然乐于借此机会前去看望他和几位同在黑大任教的学长。研讨会开了两天，深入切题，颇领教益。曲兄于会后特意安排到会者前往萧红故居访问，则让我得到一个意外的收获。20世纪80年代我也曾两次到过哈尔滨，还去过抚远、牡丹江等地，却未有机缘走访萧红故乡。但对于这位在中国现代文学史上昙花一般奇妍绝俗的女作家，却闻名已久。这一次能探访生养她的乡土，自然机会难得。

回想起来，我读中国现代文学名家的作品较早，也不算少，读萧红的作品却很晚。先是从鲁迅先生的序文和通信中知道了萧红，且感到这是一个很受鲁迅先生看重的有才情的女作家。20世纪70年代后期，忘记是什么事由，我同一位朋友去什刹海附近的一个杂院里拜访过萧军先生，这位体魄健壮、话语爽朗的老者，也让我想到与之有过患难与共生活和情感纠结的萧红。初读萧红的作品，大约是在20世纪80年代后期。那时的文学界正流行“重写文学史”的新思潮，一些在以往的现代文学史著作中被有意和无意冷落的作家作品，像是出土文物般被发掘出来，重新定位，重新评估，其中就包括张爱玲的作品。这一新思潮对以往通行的文史理念及书写模式显然是突破和变革，确有除障去蔽的效用，但也不免带着某些矫枉过正的偏颇。有位美籍华裔教授出版于20世纪60年代的一部《中国现代小说史》，尚未正式引进国内，其对中国现代文学的认知理念和评估方式，却被不少文论所仿效和认同，似乎成为这一“重写”潮流的滥觞。这位夏志清教授在其著述中极为赞赏张爱玲的小说，以至于将其某件描绘“闺阁生活”的作品称作“伟大的中国小说”。那一段时间，张爱玲的作品被大量印行，争相阅读，一时洛阳纸贵。我曾买过一本张爱玲的小说来读，却并不喜欢，也弄不清为何会有那样多人迷恋她。虽然可以看得出，这个女作家颇有写作天分，也有像玻璃滚珠一般圆润光滑的叙述文字，然而其絮絮呱呱的闺阁生活之琐细叙说，自怨自艾的杯水情愫的夸饰，乃至冷傲自恋的处世姿态，久读也会让人生厌。我蓦然想起同为女作家而成名早于张爱玲的萧红，便找到其成名作《生死场》来读。这部小说写于1934年，次年于上海出版，比张爱玲最初的小说早了近10年。但全然没有张爱玲小说里散发出来的那股陈旧的脂粉味与贵族气，却有北国乡野凛冽的山风，村夫农妇生死轮回之生命律动，以及久被奴役的蒙昧乡民在绝境中的抗争。这是在旧上海无从感知的别样的人世景象，难怪鲁迅先生称赏其“明丽和新鲜”。半个世纪过去，这两个人生境况、艺术气质和旨趣迥异的女作家及其作品的命运，便经历了几番轮回。萧红及其作品仿佛随着其降生的那个时代远去，张爱玲的小说在初见端倪的商业化社会竟成了应季的鲜果。世道的轮转，人心之变异，确令人拍案惊奇。

哈尔滨方入初夏，太阳岛已是游人如织，我们一行乘车沿太阳岛一侧出城向北急驶，大约一个多小时便赶到呼兰县城。萧红故居在老城一隅的南街上，旧时被称作张家大院。那是一处很大的院落，仿佛有半个足球场的面积，昔日的东北地广人稀，乡绅地主之家宅第宽敞不足为奇。故居内的场院零散地摆放着几件农具，迎面则是一排砖瓦平房，乃是张家人起居的老宅。老宅内的陈设简单拙朴，似乎与场院的宏大气派不太相称。萧红就是在这处宅院里度过童年与少年时光。老宅门前有一个石砌的花坛，不知是否原有之旧物，花坛之侧立一尊少女萧红托腮凝思的坐像。这一塑像仿佛才是这处老宅特有的与众不同的标识。

萧红本名张迺莹，是张家的长女，父亲在当地算是有头有脸的乡绅地主。她本来可以成为“养在深闺人未识”的富家淑女，却因渴望求知，追寻自由，而在求学和婚姻大事上与父亲的专制相抗争，奋力逃脱家庭牢笼。少女时期的萧红似乎柔弱却颇有定见，老宅门前的塑像仿佛能传递出这个倔强少女的神韵。她先后到哈尔滨和北京求学，接受了“五四”新文化与新思想的熏陶，她与旧式婚姻和家庭羁绊的抗争几经周折，终于走上自立而艰窘的人生之途。性格或许会决定命运，经历也时常在炼化情感。萧红初入社会便过着饥寒交迫的日子，因不屈从家庭专制和日本占领军的欺凌，而不停地抗争、逃亡。这让她对于人间世界的感知与书写，全然不似闺阁秀女的眼界和情态，却贴近与她自身命运相类的呼兰乡民。她在逃亡途中写就的《生死场》，那些纤细而雄迈的文字所展示的“北方人民对于生的坚强，对于死的挣扎”，正是提供给中国现代文学的一幅北国底层民众的生命略图。

走出萧红故居，我眼前总是晃动着一位沉思少女的身影，她屡陷厄难，多愁善感，竟有一颗柔韧而坚强的心。她生长于北方，却常年流亡于南国，她短暂的后半生一直系念着沦陷的北方乡土，渴望着缺月的早日复圆，并为此投入救亡活动和写作。有这样一番患难经历的萧红，自然怀着眷念乡土的炽情去写《生死场》与《呼兰河传》，而不会去写张爱玲式的《沉香扇》。

从呼兰回来又过了几年，“张爱玲热”已渐渐消退，萧红的旧作竟被重新发掘而搬上舞台。我曾受邀观看了新编话剧《生死场》，一位新锐的女性导演将萧红的这部谱写东北乡民生存挣扎的小说，有声有色地立于舞台，给人震撼，又引人深思。这出话剧基本上忠实于小说原著的现实主义精神，却又强化了各类乡民角色辗转于生死轮回中的混沌迷茫和本能的挣扎，以及在日本占领军刺刀迫压下催生出的朦胧觉醒。品味这出话剧，忽然让我想起前些年关于“救亡”与“启蒙”之关系的争论不休的话题。其实，萧红的作品早已将二者的内在关系表达得十分清晰，十几年的抗日救亡运动和流血的战争，对国人而言也是一场争取独立与自由、不做异族侵略者之奴隶的启蒙运动，而且较之理论家们高头讲章式的“启蒙”，更为广泛和深入。《生死场》朴素地传达出沦陷区乡民于救亡活动中人的生存权利和独立意识的最初觉醒，恰是萧红作品的不同凡响之处。而在日据时期的上海活跃创作的张爱玲的小说里，是看不到此种启蒙意识的。

我一直不清楚那位远在海外的夏教授偏爱张爱玲小说的缘由。直到进入 21 世纪之后，其专著《中国现代小说史》在国内翻译出版，才得以拜读并释疑。夏教授反复申明“不带政治成见”，以“真正的批评精神或科学精神”去“品评杰作”。但在几十万言的专著中，却常常见到带着政治偏见的“品评”，有违“科学精神”的误读。且不说他对于鲁迅、茅盾、巴金这些中国现代文学先驱者的作品，或是鄙薄或是贬斥的轻率和偏激，带有明显的“政治成见”。即使对于和张爱玲同为女性作家的萧红的作品，也以“资料有限”为由吝予“品评”，只有轻描淡写的一句评语。这不免让人疑惑，其中似有难言之隐。“品评”萧红的作品，不能不涉及其《生死场》，而对于《生死场》中自然流露的那种有切肤之痛的救亡意识和有才气的描写，倘若有所贬抑，恐有千夫所指的不齿之嫌，倘若给以赞许，岂非榨出了张爱玲旗袍之下的“小”来，如何再妄称“伟大”？

为鲁迅先生所称赏的萧红及其作品，经历过半个多世纪的风雨洗涤，依然鲜活如新地留存于现世，并为不少读者和研究者继续关注与赏析。她以少女时代的生命体验书写的文字，不论在她生前和身后，都会给她的乡亲和同胞们“以坚强和挣扎的力气”。

2013 年 6 月草

孟庄清韵

知道孟庄很久了。从一些文字记述中得知，那里是中国作家协会在杭州设的一个“创作之家”，久任中国作协主席的巴金先生曾去那里小住，且十分喜欢那里，想来必有其缘由。只是我一直未有机缘前去，体验一下这位可尊敬的文坛前辈曾有的感受。今年深秋，意外地接到一个去杭州“创作之家”的“休假通知”，便欣然前往，以遂昔日的小小心愿。找到孟庄很不容易。从机场进入市区，虽已向出租车司机说明了地点，但司机师傅只知白乐桥的大致方向，并不能确认孟庄的具体位置。好在这位师傅熟悉地理，载着我们沿西湖的一侧迂回西行，三转两弯就驶入与灵隐路相邻的一条小道，从车窗内望去，路旁房舍的门楣上赫然可见“白乐桥 XX 号”的门牌。然而看到了白乐桥 5 号的门牌，却又不知该向何处去寻 1 号，横在路上的档车栏杆和不肯通融的景区保安阻止了我们前行寻觅。幸亏小王老师接到电话后赶来迎接，才将我们领进一座绿树掩映的小巧庐舍——白乐桥 1 号，这便是孟庄，便是中国作协杭州“创作之家”所在地。

孟庄果然是一处远离世俗尘嚣的清净之地，它背靠北高峰，旁依灵隐寺，孤身立于一片望不到头的茶园，山岳的巍峨，庙宇的端肃，确令它笼罩了一派超拔灵异的气象，但又时时能吸吮着田野茶园的泥土清香。孟庄的来历其实平常，据说是中国作协在20世纪50年代从一户孟姓商人那里买下的旧式庄园，后几经翻建修葺，成为接待各地作家来此休假、写作的创作之家。这个昔日庄园占地仅一亩一分，且孤栖于郊野山麓，远不及西湖边上的刘庄、钱王府邸等豪门望族的宅第别墅那般显赫华贵，也远不及红顶商人胡雪岩在杭州城内的大宅门那样富丽堂皇，但用来当作文人栖居的庐舍确也相宜。孟庄的建筑设计自有江南庐舍庭院的味道，外观是白墙黑瓦的两层小楼，楼内空间虽逼仄，却也显得玲珑精巧，有曲径回廊连着居室、厅房和餐室，通向正门、侧门及后门，后门之内则是一个繁树杂花遮覆环绕的小园子。难得的是在回廊间竟有一方小水池，可以承接上天的阳光雨露。

庐舍内的布局处处营造着文人之家的氛围，简约浑朴，清雅适意，毫不奢华。无怪乎巴金先生和许多到过孟庄的作家们，一经小住便喜欢上了这个创作之家。

住进孟庄最初的感觉就是幽静，而因紧傍深山古寺更显寂寥。庐舍外虽有一条通往灵隐景区的便道，白天竟很少见到往来如梭的车辆和熙熙攘攘的游人，只偶尔有几辆小型汽车、摩托车和捧着香烛进山的零散游客由此穿行，大约是这里并非主干道且又过了旅游季节之故。一到夜晚便安静极了，四周是一派苍茫暮色，田野万物似乎已在峰峦和庙宇的怀抱中沉睡，没有犬吠鸟鸣，只隐约可闻悠悠荡来的钟声。从喧闹不堪的大都市来到此处，骤然觉得杂念顿释，重负锐减，身心也变得轻灵淡定起来，仿佛进入平素难觅的清修之境。这不免让人想起，过去的释道二界为何总选择深山寺庙作为其门下众徒的修行之地。也许便是看重此类环境下特有的寂静，可以远离尘世喧嚣，阻隔世俗欲念，让僧人道士心无旁骛地诵经悟法，修身养性。古时有不少文人，在仕途蹉跎、人生失意之际，也喜欢去深山僻壤筑庐求舍，或到寺庙中盘桓，与法师道长释经参禅，为的是寻得一处暂时栖身的人生驿站，避开尘世纷扰，以修复经年奔波的疲惫心灵，整理一番欲辨难明的茫然思绪。现今的文人自然不必重拾此类避世的古方。而剧烈变动的时代又迫使文人只能紧追急赶才能跟上时代行进的速度与节奏，不至于让自己的著述文字背时脱轨，过早地老去。但艺文书写毕竟是关涉灵魂场域的精神劳作，过频的生命节奏，过度的精神紧张，也会使劳作者变得麻木迟钝起来。故而，紧张劳作之后的休养生息，于文人自然有益，在养息之际检修调整一番心态思绪亦属必要。其实，旧时文人去深山古寺闻道参禅，并非全然是消极出世，也有习染一点佛心禅意的念头，借以戒除一些浮躁之气，消减一些利禄之欲，提升悲悯情怀顾念苍生，开发悟性慧眼洞察时世，然后著述文章或许必有进益。这一层用意，对于如今的文人大约也会有所启发。初进孟庄，便觉得这里绝对是现时作家可以短暂修身养性的好去处，不禁浮想联翩，袭用陶渊明的诗句敷衍数行以赞之："结庐在人境，而无车马喧。身倚灵隐寺，坐拥虎跑泉。品茗能悟道，操笔若参禅。此庐胜吾舍，陶然已忘还。"

住进孟庄时日稍长，却又生出另一种感觉，便是庐舍内总有那种熟识的“家”的气息，浓浓淡淡的萦绕心头。不只是其宜居环境所营造的“家”的氛围，更有人气，有庐舍主人们时时传递过来的温热亲情。柯朗曦主任和他的6位同事，用心操持这个“家”，热诚接待每一位入住的宾客，就像是要让倦游归来的长者和兄弟姐妹到此体味返乡的愉悦，一洗奔波的辛劳，享用“家”中特有的那般温暖。住进孟庄的各地作家，不论老少男女均似被宠爱的孩子，起居饮食出行皆会得到悉心呵护。每日三餐之前，必有室内电话铃声响起，便知道又是马姐和小王在招呼人们去餐室用饭，犹如执掌家务的勤勉主人备好了饭食还要呼唤亲眷速去就餐那样亲昵殷切，待走近餐室，只见清爽可口的饭菜已整齐地摆放于餐桌上。有一次，文友们结队外出游览，返程途中因道路堵车早已误了饭点，当车子在沉沉夜幕中驶回孟庄，却见几位主人站在道边翘首远望，似乎等待了许久。直到确认是我们一行人下得车来，主人们方欣然释念，又急忙返回厨房烧菜制汤，用热气腾腾的美食填充我们的饥肠。此情此景蓦然唤起我儿时的记忆，那种从至亲之人身边领受到的爱的热流，仿佛久已淡忘今又重温。

与孟庄主人们相处的日子，我时常从细微处体察到他们为营造这个“家”，付出怎样的辛劳。凌晨时分，同来的文友尚在熟睡，习惯早起的我正待去户外行走，却见厨房内灯火通明，总揽厨务的小刘和章师傅已忙碌着制备早餐。章师傅的厨艺绝对高超，他烧制的江南菜肴色香味俱佳，比起大饭店里高级厨师的烹饪技艺也毫不逊色。然而他竟在这驿站似的庐舍内掌厨多年，为来自天南地北的作家们操持一日三餐，就像是将尽心尽意地款待这些至爱亲朋当成自己的生活乐趣。司职迎送来客并陪伴出行的老叶，爽直健谈，善解人意，又通晓当地风土人情。文友们外出游览，他自然是领队兼向导，他的引领和解说总能调动文友们观赏美景、古迹和名胜的兴致，他那因人而异的体贴关照，则让每个文友领受到出行之便。他对年逾九旬的黎辛老人格外体恤照料，每到一处必先安排好其行止起坐，唯恐累坏了这位身心依然健旺的长辈，而对游兴正浓却误时掉队的文友，他又有足够的耐性和静气，先安排好大部分文友乘车返回，自己却在集合地点长久地寻找、等候，直到将迟归者平安送回住地。年届六旬的老叶是随身带着降血压药片伴我们出行的，同我们一起跋涉他无数次到过的游览之地，竟依然不厌其烦，谈笑风生。有文友感念他的情意，忍不住向他道声辛苦，他却称自己喜欢这种与作家朋友交往冶游的时光。

孟庄的主人们确是将每一个入住的作家都视为相亲相敬的家人，不只乐于为他们付出辛劳，而对待他们的精神劳作又格外珍爱。庐舍内特意布置的藏书室，贴墙立着两排高大的书柜，各地作家留赠的作品文本，均用特制的藏书匣装存起来，整齐地排列其间，有如经心的家长要将孩子的各类成绩单和奖状用镜框镶嵌起来挂于墙上那般郑重。即便是入住的作家临别时留下的感言，主人们也要珍存起来，并将一部分手书张贴于厅房两壁，以做长久的念想。

孟庄小住令我庆幸不虚此行，有缘结识了几位如此淳朴善良、真诚仁爱的主人，也领略到旧曾相识却已被消费社会的规则所变异的人群关系的真义。孟庄自然不是桃花源，只是现实社会里依然存留的一块净地。我仿佛明白了巴金先生为何喜欢孟庄，在耄耋之年数次来此小住的缘由，似乎不单是它的远离尘嚣，清幽雅静，地理环境上佳，更在于其人文环境特异，它有一群依稀可辨古朴民风的颇具亲和力的主人，正是他们令这座小小庐舍流荡着“家”的温馨与亲情。置于庐舍后庭小园子里的天然石碑上，镌刻着巴金老人的感言：“这真是我的家。”这无疑是巴老如此喜爱孟庄的真情自白，又是巴老与孟庄的主人心灵相契的回声。

家国情怀一向是中国文人特有的禀赋，修身齐家而后济世报国，大致是古来许多文人走过的人生之旅。现代以来的中国作家依然秉承着此种人文精神，以他们的作品真诚抒写艰难时世中的家国情怀。观察一个作家及其作品的真正成色和价值，是可以由其对于家的情感以及如家人一般亲近的民众的情意如何，见出分晓的。巴金先生一生以真情投注文学，以真诚对待读者，从早期的《家》《春》《秋》，到晚年的《随想录》，都是在袒露自己深深的家国情怀，都是把心交给如家人一样亲近的读者大众的。他和他的作品如此长久地受到社会读者的尊敬与热爱，盖源于此。一位住在孟庄附近的当地居民，少年时代就读过巴金的作品并一直仰慕这位作家，他回忆起当年曾目睹巴金先生在孟庄外便道上晨夕散步的情景时颇为感慨：没想到自己心仪已久的大作家，竟是这样一位平常朴素的老人。现今的年代文场浮躁，炒作文学经典和大师成风，以至于某些赏玩便溺和恋童癖的心理变态者亦被奉为大师，令大师之名贬值、败坏。还是这位乡民说得好，真正的大师是朴素的，就如他视为家人的普通民众一样朴素，就因他怀有与万千读者忧患相通的真情。唯其如此，他才能在读者大众的心目中永驻久存。

巴金先生与孟庄的这份情缘，引动我不少随想，比如现世文人怎样寻找灵魂的栖居之地，作家与关爱他的读者大众如何真情呼应，文学与世道人心的真正关联等等，似乎可以由此得到某种启示。临别孟庄，不免信笔胡涂几行以释感念：

灵隐梵钟消永昼，
北峰夜雨涨秋池。
剪烛吟诗成旧忆，
把酒析文度今时。
人间沧桑化气韵，
民生哀乐拨弦丝。
戏言玩世非艺道，
古来文胆是情痴。

2012 年 1 月 22 日

第二辑

蝉蜕时节

震荡

那个夏天酷热难耐，透不过气来的闷热罩满周身，仿佛被囚入一间桑拿浴室。坐在办公室里身不动亦自汗水渗流，却还须伏案看稿编稿，只得频频喝水以补充流失的热量。久居京城的人们，本已适应这个城市干热少雨的夏季气候，但那个夏季热到发飙的热度仍让人难以抵受。已至夏末的那个晚上，铅云低垂，夜色四合，整个天宇有如收拢起来的庞大铁幕，罩定带着倦意归巢的人群。那个夜晚闷热得异常，也寂静得异常，似乎感到有什么异常之事要发生，却又觉得与平日没有什么两样，卧在床上许久不能入睡。凌晨3时40分许，一阵剧烈的摇晃将我从睡梦中惊醒，开始是整个躯体被向上颠起，旋即随着床铺不停地左右摇晃。我意识到发生了地震，多年以前的邢台地震及前后发生过的几次地震，曾让我领受过此类身不由己被摇来晃去的特异感觉，但这一次却摇晃得猛烈而持久。我跳下床铺奔到门前，急欲打开房门，不料轻薄的木门竟似扭曲变形，如何用力也拉拽不开。情急之中，我和妻子便躲在平日用餐的木质方桌之下，听天由命地等待惨祸发生。惊心慑魄的天摇地动持续了近一分钟，待平静下来之际，我和妻子急忙逃出宿舍楼房，却见楼群中间的空地上已挤满黑压压的人群。

1976 年 7 月 28 日的唐山大地震，使得距震中地区 100 多公里的京城居民经历了令人惊悸的不眠之夜。余震不断，逃出楼房的人们不能再回家中栖居，便在楼群之间的空地上用塑料布搭起简易防震棚存身，一家一户的防震棚花花绿绿的，像是平地上生出一团一簇的蘑菇。人们庆幸躲过了这场突然降临的灾难，庆幸家人亲眷平安无虞，却又关注唐山那边的灾情，关注那边的民众受灾遭难的现状。但从报纸广播中只能知道这次地震的震级大，灾情重，死难者多，却无法了解详情。

编辑部所处的机关办公大楼原本沉实坚固，曾被认定为抗震性很强的建筑，这次地震过后也出现了多处裂缝，需要加固维修。为防余震，机关工作人员暂不允许去那里上班。但《解放军文艺》必须照常出版，在唐山大地震发生后，立即有大批军队官兵受命赶往灾区，投入抗震救灾的紧急行动，当时唯一能正常出版的军队文艺刊物，理应对这一重大灾难事件和救灾部队的行动给以跟进反映。编辑部已派出人员前往震区一线，就近组织专写救灾部队即时生活的各类稿件。因办公楼不能使用，只得在北太平庄宿舍区门前朝北的花园路街心夹道中，设立编辑部的临时驻地，搭起几顶简易防震棚，摆上床板铺成的办公桌和马扎，这个随机选定的场所就成了编稿出刊的简陋作坊。我到编辑部工作 15 年，都是在正规办公场所操持编务，何曾见识过于街市旷野中办刊的日子，这景象稀罕、特异，却也带着几分无奈。大自然的暴烈和肆虐，将存活者原有的生活秩序全然打乱，迫使人们去应对突然面临的生存困境。但比起唐山人的灾难与不幸，处在震区之外的人们没有理由感觉凄凉。在街心夹道中忙碌办刊的那些日子，似乎让人感触到这次大地震所带来的精神震荡，正在漫延扩散。

临时编辑部的日常工作，并未因环境特别而显得凌乱无序。白天，同事们照例按时去街心夹道的防震棚上班，处理各自手头的急办编务。诗歌组和散文组的同事更为忙碌，从震区救灾部队发来的诗歌、散文与报告文学稿件，已源源不断地传到编辑部，需要立即筛选编发，作为抗震救灾专栏作品及时刊出，为部队和社会读者提供最新的震区信息。向晚时分，忙碌一天的同事们便回到各家的防震棚去用餐、休息。主持刊物日常工作的张文苑副社长，与大部分本社编辑同住一个宿舍区，却时常早出晚归，操持这个临时编辑部的工作运转，要安排调配一应组稿编稿事务，审阅签发当期刊用稿件，还要兼管一些行政事宜。张文苑时年半百，是一位抗日战争前期入伍的老军人，20 世纪 50 年代中期调到《解放军文艺》编辑部，久任评论组长，后任副总编，是我的老上司。张文苑性情温良宽厚，处事稳重严谨，在下属眼中平易随和，是一位容易相处的好脾气领导。他带着一群复刊后相继调入社内的新老编辑，在四面透风、车马声喧的街心夹道防震棚里坚守数月，编发了一期又一期书写唐山震区救灾部队生活的作品专刊，为那场突发的重大灾难留下一点即时性记录。张文苑出自冀中农村，对于遭受巨灾横祸的唐山父老兄弟似乎有一种割不断的乡亲之情。他和同事们在街心夹道勤勉办刊的日子，仿佛令他重温了在冀中旷野营地那些栉风沐雨的战斗岁月。在这个街心夹道防震棚里坚持编稿出刊的团队中，也有久已成名的诗人李瑛、纪鹏，还有后来成名的诗人雷抒雁等，这一群被巨灾横祸所警醒感奋的军人，只能以琐细的编务劳作信守着一份在大灾之际不能缺失的良知和责任。

从唐山震区返回的诗戏组副组长沈福庆，带回一批急需的稿件，也带来震区的不少实地见闻。沈福庆生于江南，体态文弱，戴一副近视镜，他坐在防震棚里向同事们讲述亲历目睹的灾区景象时，缓慢低沉的话语不时为悲情所梗阻。他称自己从未见过那样触目惊心的灾难场景，整座城市在大地震中被夷为平地，只偶尔见到一两处危楼的构架和残牙似的墙垣，到处是瓦砾。他不清楚在这场巨震中死了多少人，只见到部队官兵们日夜不停地在废墟中搜救。不少年轻战士强忍着日夜奔波的劳乏，坚持这种常人难以挺受的劳作，也许在他们的潜意识中，这是对受难同胞最后的抚慰，是对一个个曾经鲜活的生命的尊重。他还接触到不少四处寻亲的当地民众，有失去亲眷的孤身老人，有双亲被夺命的无助儿童，还有丧失了妻儿父母的壮年汉子，他们发疯似的从废墟中搜寻亲人，在旷野中留下撕裂心肺的悲恸哭嚎。老沈的讲述中似乎也带着痛彻的感悟，被大地震毁灭的一切之中，人确是最可宝贵的。

老沈带回来的震区消息，在临时编辑部内激起的波澜持续了几天，人们便转入忙碌的编务琐事之中。多年以后，我时常会记起在街心夹道防震棚里编稿出刊的那段日子，记起老沈讲述的震区惨象，那是能够使人与受难者处于同样人世困境、同样生死命运的现实基点，立于这个基点之上，也会有真实的存在价值的文学。唐山大地震发生后，曾有不少军旅文学作者前往震区参与救灾行动，体察并记录那一段史实，23 岁的钱钢则是其中的一员。10 年以后，他出版了长篇纪实文学《唐山大地震》，全景式地描述了那场巨大灾难发生前后的生活真相，尝试弃用惯有的视角和拘谨的思维范式，而以人类生存视角去观察和描述这个灾难事件，昭示人和人的生命价值应当重于一切的人本理念。与钱钢同属一代人的年轻军旅作家，也在关注并尝试以此种理念融入军人形象和军旅人生的描写，推演出军旅文学在新时期蓬勃兴盛的景象。这或许是那场大地震所提供于军旅文学的现代性启示。

2013 年 7 月草

童蒙之地

不曾有人见过，一个供成人阅读的军旅文学期刊的编辑部，竟与孩童成群的幼儿园同处一所院落，一队习惯于侍弄书写铁血军人生涯之文字的穿军衣的汉子，却与烂漫幼儿的嬉笑哭闹声时时相伴。也不会有人料到，这片本属无忧稚子快乐成长的童蒙之地，却成了一家军旅文学期刊乃至困顿中的军旅文学在变革年代躁动与蝉蜕的再生之地。

20 世纪 70 年代中期之后，人们心底郁结已久的云雾渐次消散，对于社会变革之期待却潜生暗长。复刊后一直随总部机关在一处办公的《解放军文艺》编辑部，此时接令迁出机关办公大楼，由设在黄寺的机关幼儿园腾出一座两层小楼，作为临时工作场所。这次迁移，似乎改善了原先感觉逼仄的作业环境，获得了一个相对独立和清静宽松的空间。每日从几公里外的宿舍区来到这所幼儿园内，像是进入一个充满童趣和幻想的世界，心灵沐浴着初春的溪水，思绪连通着放纵不羁的漫游，那种感觉会让一群壮年汉子忽然间变作了孩童。与作业环境的变更一起到来的，则是时代环境的剧烈变动。在机关幼儿园那座小楼编稿出刊的几年里，中国社会正经历着巨大的历史转折，中国正待另辟蹊径，寻找自立于世界民族之林的希望之路。这种社会大环境和幼儿园的小环境相叠加，竟将我和周围的同事均推入一种躁动与蝉蜕的精神震荡之中。

复刊后的《解放军文艺》编辑部，人员已有很大变动，一部分仍是多年前就在此效力的老同事，大部分则是复刊后选调进来的新成员。但不论新老成员，在经历着时代变革之际，都不免要思索这个军旅文学刊物的新出路，作为刊物主打品牌的军旅文学作品该有怎样的面貌。那是一段在困惑与彷徨中摸索着迈出脚步的懵懂时期，有如我们身处的童蒙之地那些初识人间世界的孩童要经历必有的启蒙。最先给予编辑部同事们启迪和感悟的，是几位复出的老作家，经编辑部的联络、沟通，与刊物重接了文脉。孙犁先生是较早赐稿支持刊物的老作家之一，他所写《创新的准备》一文，发表于《解放军文艺》1978 年 3 月号。孙犁先生病体初愈，就向文学界发出了准备创新的呼唤，表达出他对中国文学必将复兴的信念与期待。他以鲁迅先生在“五四”时期的文学变革中之创新实践为先例，概要说明文学创新需要进行的多方面准备。孙犁先生的呼唤，自然不仅是针对军旅文学而发，但对于军旅文学期刊的编者，无疑是一种适时的提醒和肯綮的诤言。

另一位给同事们带来启迪和感悟的，是军旅作家魏巍，不过，他不是以言论主张，而是以创作实绩。魏巍的长篇小说《东方》出版于 1978 年 9 月，距孙犁先生文章的发表仅过去半年，却似与孙犁先生对于文学复兴的期待相呼应，这两位来自晋察冀边区的老战士和文友，在那个社会与文学走向变革的年代，竟如此灵犀相通。《东方》确是一部有新鲜价值的军旅长篇小说，它的出版正值中国文学开始苏醒的年代，曾在读者和文学界引起广泛的反响，它在1982年获得首届“茅盾文学奖”则是对其现实价值的肯定。《东方》的作者一直坚守着对生活历史的认知和对文学使命的真诚，以艰难的探索实现自己在创作上的一次跨越。《东方》在不少方面尝试摆脱旧有的思维范式和写作套路，呈现出一些新的风貌。比如，它拓展了以往的战争生活描写拘守于战场的有限视野，而将前线战场与国内农村交织呼应起来，赋予小说的战争描写以开阔的历史环境和时代特征。它对于英雄军人的刻画，注重于个性和人物命运的描写，尤其注重从人情人性的层面展示其内心生活，甚至写出了主要人物的爱情的悲剧性意味。它也冲破了军旅文学创作上某些不成文的禁忌，真实地揭示军队中存在的内部矛盾和思想冲突，刻画出军人群体中的一个负面人物形象。所有这些探索和创意，出现在那个变革时代到来之际，更体现出作家难能可贵的艺术勇气，亦为军旅文学在新时期的变革与创新开启了最初的门户。

魏巍的这部新作带给编辑部最直接的启示，便是欲更新刊物面貌，开拓军旅文学新局面，当务之急还是要重新集结创作队伍，打造出与时俱进的新作品。编辑部采取办文学创作班这种以往行之有效的方法，组建新队伍和催生新作品。记得是在1980年初，从全军各部队选来一批年轻作者到编辑部驻地集结，这群在军营生活里滚打了不少岁月的作者，带着尚未成形的创作构思或是已写成的初稿来到幼儿园驻地，走进文学创作班，就像是进入一座令之发酵成形的烘焙炉房。胡奇社长、张文苑副社长和责任编辑们，经常泡在创作班内，与年轻作者们切磋各人作品的写作思路或修改方案，琢磨如何洗涤旧窠，寻求与时代变革相契合的新颖意蕴。编辑部专门请老作家魏巍、王愿坚为学员们讲课，魏巍现身说法，细述创作《东方》的甘苦经历，以及在冲击旧范、探索新路方面的体验和认知。王愿坚则主谈他在短篇创作中如何选材、构思的切身感受。编辑部所践行的这一番育人养文的努力，正像孙犁先生所言，也是在进行创新的准备。

文学创作班的直接收获，是在结业时产生了一批军旅文学新作，李斌奎的短篇小说《天山深处的“大兵”》便是其中之一，它刊载于《解放军文艺》1980 年 9 月号，当年就获得第二届全国短篇小说奖。这个短篇写得有新意，且带着时代气息，它对青年军人郑志桐的刻画，与过去表现和平年代军人生活的小说明显不同，它力图将历史与现实，边疆和内地，军营与社会连接、沟通起来，在较为宽广的时代环境中展示这个戍边军人的生活命运与情感波澜。它也注重由人情人性层面去展现当代军人较为丰富的内心生活。这位年轻作者吸纳了前辈作家更新探索的有益经验，也受到当时初现的某些带着伤痕记忆与反思意味的文学新潮的启发，却又融贯了自身的生活体认与感悟。《天山深处的“大兵”》和相继出现的《最后一个军礼》《女炊事班长》等小说，给编辑部同事带来的不只是初尝鲜果的欣悦，发觉新生代军旅作家成长潜力的惊喜，也有对刊物的出路和军旅文学变革发展的可能性前景的期待。自然，这样一些新作品只是军旅文学方始进入新时期的最初收获，不免带有蜕变进程中某些稚拙痕迹，就其探索革新的冲击力和精致度而言，或许不及1982年以后出现的《射天狼》《兵车行》等大批军旅文学新作那样强势。而作为创新准备阶段的较早实践，无疑地为军旅文学在新时期的辉煌起飞做了坚实铺垫。

进入20世纪80年代之后，迎着改革开放的春风，《解放军文艺》就像是恢复了这个军旅文学期刊原初的生猛气血。编辑部同事俱为不期而至的军旅文学创作的活跃态势所振奋，全力投入开发和打造各类题材、形式的作品。不论是和平年代军营生活题材还是新战事题材，也不论是小说、报告文学还是诗歌，居然都催生了大批新鲜特异的军旅文学作品，促成了大群新生代军旅文学作家的生长。仅过去两年，这个新时期军旅文学的创作浪潮，便如钱塘潮水滚滚而来，蔚为大观。《解放军文艺》和新创办的大型期刊《昆仑》，因大批量刊载这类具有时代特征和变革创新尝试的作品，遂成为展示新时期军旅文学初现的繁盛景象的一对橱窗。

从20世纪70年代后期搬进总部幼儿园办刊，到1982年迁至西城茅屋胡同新址，编辑部在那片童蒙之地栖身4年光景。仿佛感应着变革时代的脉息，编辑部也在那片童蒙之地进入蝉蜕期，宛若再度经历童稚幼儿的开蒙时光。编辑部致力于打造军旅文学成品的主业，同样经历着蜕变更新的艰难转型。编辑部的新老成员均为现实变革的巨流所冲撞推引，或隐或现地表露出意识与观念的演化。军旅文学进入新时期之后的最初繁华，军旅文学期刊再放光彩的华丽转身，都不免让人忆起在那片留下过许多警醒、感奋的童蒙之地度过的岁月。

2013年8月

“风波”

这里所叙述的“风波”是加了引号的，本不应称之为风波，却因发生于变革时代初期，人们的思维方式与心态有诸多差异，遂将一件文学作品的刊载事宜，演绎成一个小小风波。或许事出有因，实属无谓之传闻，但也体现出那个特定年代世态与人心的躁动。

李存葆的中篇小说《高山下的花环》于1982年岁末在《十月》杂志发表后，立即引发了社会轰动，时任中国作协副主席的冯牧先生为此写了一篇评论《最瑰丽的和最宝贵的》，更令小说作者声名鹊起。《高山下的花环》确是继《西线轶事》之后的一篇新军旅文学佳作，它不只刻画了几个性格迥异的新一代军人形象，还绘写了一位老区农村母亲的动人形象，并且在激烈的战事过程中揭示出军队与社会现实存在的矛盾冲突和阴影，它对于特权之风的揭露和抗衡此种陈腐之风的正气的张扬，均使之涵括了较为广泛的社会与时代生活内容，更具现实的冲击力和震撼力。这篇小说自然还带着某些粗糙的和并不娴熟的艺术欠缺，但其显露了具有新的时代特征的战事和军人形象的书写，对于军旅文学创作的旧有范式与思维禁锢的冲击，在不少方面为军旅文学的变革转型拓宽了路径。

业界人士开始对李存葆这个文学新人及其新作刮目相看，同时也由这篇小说刊载于何处的始末原委生出一些疑问和议论。疑问和议论自然只是在坊间流传，比如，有人不解这样的佳作为何不是在军队刊物首发，却先载于地方刊物；有人质疑军队刊物的编辑是否看走了眼，竟然错过了这一军旅文学佳作；也有人猜测这篇大胆触及军队内部矛盾及负面形象的小说，或许为军队刊物编辑的顾忌所不取，或许因作者担心遇到障碍而改投他刊等等。《解放军文艺》编辑部面对此类明明暗暗的议论，确曾感到过不小的压力，而又难以自辩。我那时虽为期刊编辑而非直接当事者，却也体察到这类传闻可能给人造成心头的纠结。在改革开放的初期，社会中人从精神封闭的年代走出来，迎接思想变革和社会转型的新时代，大多经历了缓慢与渐进的过程，也必有因人而异和迟速强弱之别。当军旅文学感应着变革时代的脉息，步履蹒跚地迈进新时期的门槛之际，此类坊间传闻也不过是军旅文学命运转化的一支插曲中的滑音。但那时的舆论环境确有些特异之处，极易对某些不明就里的事情带着警觉与怀疑。一些简单明了的事情或通识，反而被弄得复杂化了。有关《高山下的花环》刊载始末的小小“风波”，似乎便是这样生发出来的。

《高山下的花环》刊载于《十月》杂志，原本是最初约定的事情。据李存葆的记述，1982 年 4 月他来京参加军事题材文学创作座谈会时，《十月》杂志那位善抓重头作品的资深编辑张守仁，就在会议期间找到他约稿，他当即允诺将正在酝酿中的小说写成后交给这位编辑。此时的李存葆已是《解放军文艺》编辑部所关注的青年作者之一，他的几篇报告文学就刊载于《解放军文艺》，其中的一篇《将门虎子》还获得全军的征文奖。李存葆与《解放军文艺》编辑部一直保持着密切的联系和友情。但他将小说《高山下的花环》交给《十月》杂志，而没有给《解放军文艺》，在当时则不免引出某种猜测。其实，作者与刊物之间本应是一种双向选择的关系，没有哪个刊物对某一位作者的全部作品可以享有专用权，作者选择哪个刊物发表自己的新作，纯属个人意愿，并不一定表明对于其他刊物的态度有什么变化。何况，当时的李存葆也未必料到这篇小说发表后竟能引起偌大的反响。作者的选择自有其考量和隐曲，不足为外人道，而对于尚未成名的年轻作者来说，任何选择也应是正常的和可以理解的。据说，李存葆在参加《解放军文艺》编辑部 1982 年举办的小说创作班期间，曾将这篇新作的构思向小说组的编辑讲述过，并得到编辑朋友的肯定与支持，编辑朋友不至于因他将新作交给别家刊物而心生闲隙。毕竟有约在先，应当尊重作者的选择。

我在文学期刊及出版社这个行业里厮守多年，见闻过不少业界的轶事传言，比如为得到一篇稿件或一部作品的首发独占之利，明争暗夺，处心积虑地使用正当或不正当的手段抢得先机的事例并不鲜见。在新时期文学欣荣发展的初期，此种为业界所警觉的不洁风气已见端倪。但《高山下的花环》之刊载始末却亦非此属。由此生出的小小"风波"，已为事实所证乃无谓之传闻。以我的直接观察和感觉所印证，编辑部一向注重维护同李存葆等大群新生代军旅作者的紧密关系，关注并扶持他们不断探索创新的努力，看重并依靠他们的倾力支持，以求得刊物能与新时期军旅文学的蓬勃发展一路同行。1983 年秋，解放军文艺出版社和济南军区政治部联合举办了一次作品研讨会，将发表于《十月》的《高山下的花环》、发表于《昆仑》的中篇小说《射天狼》和发表于《解放军文艺》的另一部中篇小说作为主要议题。那是新时期以来头一次举办的颇具规模的军旅文学作品研讨会，来自京城和几个军区的 40 多位作家、评论家齐聚济南，评说这几位新人新作对于开拓军旅文学新局面的探索价值，辨析其表现战争生活与和平年代军营生活所提供的新鲜经验和可能性前景。这次研讨会似乎有一种使炉火升温的热力效应，对于李存葆、朱苏进等初露头角的年轻作者的表彰推举，固然增益其继续开拓进取的自信和动力，同时也激发了大群新生代军旅作者各展身手，投入初兴的军旅文学潮流的热望和勇气。此后没有多久，李存葆便写出新作《山中，那十九座坟茔》，朱苏进则有《凝眸》《引而不发》等新作，继续其对于和平年代军人心灵场域的探索与开掘。而唐栋、刘兆林、李镜、雷铎、钱钢、李延国、江其涛、周大新、韩静霆、苗长水等一大批新生代军旅作者，也携带着风采各异的作品，进入浩荡前行的文学方阵，令新时期军旅文学呈现出山花烂漫的壮观气象。

那是一个令人神往的文学年代。作为过来人和见证者，拣出一件非属“风波”的寻常事情稍加回叙，意在表明那个年代初露生机的军旅文学如何得到变革中的社会各界的普遍关注，不论军地各方的从业者和普通读者，均以热诚扶持和助推，合力打造新生的军旅文学成长壮大的适宜环境。军旅文学在新时期的最初辉煌，固然倚重于大群新生代军旅作家挣脱旧范、探寻新路的冲击力和创造力，却也离不开那种春风化雨、推涛助澜的周遭环境的强大助力。观察一个时期文学的兴衰荣枯，不去考量文学与其存在环境和生长机制的必然联系，难以避免水月雾花的混沌辨识。文学自然不仅属于个人，也属于其生长的那个时代。

2013 年 9 月草

春雨消歌

推开房门，只见迎面墙下摆放的一排地铺上，孤零零地蜷卧着一位中年军人，似乎是在假寐静息。他闻声坐起身来，怔怔地望着我这个不速之客，欲言又止。我赶忙自报家门，表明来意：听说这里住了一位刚来的部队作家，顺道前来拜访。他仿佛解除了疑惑，与我攀谈起来，也趁便答复我的提问。他名叫朱春雨，来自二炮部队政治部创作室，初到文山某军部驻地，等待安排去参战部队生活和采访。论及年龄齿序，他称自己年届四十，恰与我同庚。我自然要约他为《解放军文艺》写稿，他坦言自己入伍不久，还是新兵，恐怕需要多熟悉一下部队生活之后才成。简短的交流中，我发觉他其实很健谈，带着一点东北口音的普通话，也如滚珠般圆润流畅，只是碍于初识，不便尽兴对谈。这是 1979 年 4 月我在云南文山初遇朱春雨的一幕，或许由于才涉军旅环境，彼时的朱春雨隐约露出一点人地生疏的孤单寂寞。次日，在军部举行的祝捷午宴上没有见到朱春雨，也许我是从总部来的报刊编辑，被安排在一个单独房间里用餐，与时任总政文化部副部长的剧作家胡可等总部机关来宾共处一席，却不知朱春雨被安排于何处。我离开文山，前往个旧、金平方向继续到参战部队走访和筹稿，更无从得知这位新结识的作家朋友的行踪。

20 世纪 80 年代初，军旅文学像是蕴蓄已久的山洪暴发一般，激流滚滚，浩荡成阵，新人佳作频现迭出的初期兴盛景象，令人目不暇接。我在编务之暇开始写一点军旅文学新作的评说文字，更多接触年轻的军旅作者，却几乎淡忘了曾有一面之缘的朱春雨。然而没过多久，我便从刊物上读到朱春雨的小说《深深的井》《沙海的绿荫》，它们仿佛是要唤起我对这位同龄朋友的最初记忆。这几篇出手不俗的作品，证实了朱春雨曾表示要熟悉其尚自生疏的军旅生活之言不虚，刻印着他“走进军营”的扎实脚步。他在投身行伍之后，果然以勤快和执着的行走姿态，实现其融入军旅的角色转换。他不断地探身于长年驻守大漠深山的二炮部队的陌生环境中，在寂寞的山谷间，神秘的竖井旁，结识和体察他所面对的新的人物与新的世界，积蓄并引燃艺术灵感和创作冲动。他的这类小说拓宽了军旅文学已涉猎的生活疆域，将此前鲜见的国防科技知识分子群体形象引入艺术平台，展示出这样一群穿军衣的知识分子的生存状态和心灵镜像。他的这类作品很快就引起业界和社会读者的关注，先后获得全国性的中、短篇小说奖。

我和朱春雨开始熟悉并有所交往，则是在 20 世纪 80 年代中期。那时，他刚刚出版了长篇小说《山魂》，二炮部队有关部门专为这部并非军旅题材的作品举办了一次研讨会，邀请军内外的业界人士参加，那好像是老朱的作品头一次得到如此隆重的礼遇。会后，我将发言整理成短文在报纸上发表，作为一则评介文字，确也表达了我对朱春雨这部新作的真诚赞赏。我未曾想到，结识不久的这位军旅作家，竟有那样一番东北林区的生活经历，还有那样一副带着乡土色彩与民俗风情的绚烂笔墨。他笔下的林区小县城棒棰川和众多城镇人物的鲜活形象，仿佛是共和国初创时期底层社会生活的一种缩影。而他的质朴传神的叙事方式和带有民间及地域特色的文学语言，则可见出他所受文学的民族性传统的熏陶。同一个朱春雨，书写其壮岁从戎的军旅生活，又呈现出别样的风韵色调。他的才情和矫健的笔墨，不禁让人刮目相看。

这次研讨会之后，我和朱春雨的接触交往似乎多了起来。他有时到出版社串门，找有关编辑商谈文稿事宜，也会到我的房间里山南海北地聊上一会儿。他的热诚友善和毫不做作的率真性情，很容易与人沟通。我对这位同龄的作家朋友了解渐多，亦可察觉到他与我熟悉的一些年轻军旅作家相异的禀赋和才智。他虽无少壮入伍的作家那样长久岁月的军旅人生，却有较多乡土社会的生活经历，由这类来自社会底层的生命体验打底子，他对于军旅生活的观察和书写，或许视野更显宽阔，思考更见深切。他在从军之前已有相当的艺术准备和写作实践，他对本土文学和外来艺术多有师承与吸纳，尤其受到俄罗斯文学的明显影响，他又懂俄语，通译事，这些方面使他的知识结构和艺术视野较为繁富与开阔。或因具备了此种现代作家的基本素质，朱春雨走进军旅后不长的时间，凭借他对于新环境、新目标认知与追求的执着努力，很快就释放出创作的潜能。《山魂》出版后不久，他就有长篇小说《亚细亚瀑布》刊载于军旅文学期刊《昆仑》。这是他几年前深入参战部队体验生活的收获，却呈现出与同类作品迥异的格局和气象，以及他的活跃思考和艺术遐想。

朱春雨正值盛年，精力充沛，创作欲望强烈。在我与他相识后的十年间，他于小说形式上驾驭自如，长、中、短并举，发表并出版了数量可观、屡见佳品的新作，还写得一手流丽华美的散文。我自然欣赏这位同龄作家朋友的勤奋、博识和多样才情，而他似乎也乐于同我这个熟识的编者保持友情的交往。有时，他会打电话到我的工作间，与我在电话中长时间交谈，滔滔不断地叙说他的写作近况，对于文情艺事的所思所感，对于业界轶闻的所忧所喜，间或也会发一点小牢骚。我虽忙于处理案头琐事，却不忍心打断他的通话，不愿拂了这位友人率性交谈的兴致。我依稀记得，有一次见面时他直言提议："瑞亭，你应当写一些《金蔷薇》那样的文章。"早些年，我读过《金蔷薇》，那是苏联作家康·巴乌斯托夫斯基的一本新颖别致的艺文漫谈，纯以讲故事的方式和优美的散文笔致，阐释文学创作中一些基本的原理和要素，很受中国读者和文学写作者的喜爱。朱春雨的提示，或许是企望我于赶写新人新作的时评之外，更关注文学创作的带规律性的东西，写一些活泼的更有兴味的文字。我对老朱的提议未置可否，却并非不解他的善意，只是忙于烦琐事务而无暇顾及，偶有空闲又得应付一些稿约。其实，我那时尚沉陷于时评式写作而未能自拔，但也自知欠缺《金蔷薇》的作者那样丰富的创作体验，未必能胜任此种融透义理与实践的艺文写作。多年以后，我依然不曾写出老朱所期许的那类文字，有愧于老朱的厚意，却后悔当初未能向他提出反建议，他应当比我更适合写《金蔷薇》那样精彩的艺文谈。

进入90年代，我离开厮守30载的那家军队文艺出版社，奉调至另一家军队出版社，整日与非文学类书稿打交道，虽依旧延续着往昔的业余写作，却与熟识的许多军旅作家朋友疏远了不少。那些年与朱春雨绝少见面，更难接到他打来的电话，听不到那种熟悉的如决堤之潮水一般的滔滔话语。不过，还是可以得到他的一点信息，知道他担任了二炮部队的创作室主任，也知道他又有长篇小说《血菩提》等新作问世。20世纪90年代末尾，我曾随中国作家代表团赴俄罗斯访问，在莫斯科和圣彼得堡奔波十日，虽然有作协外联部一位精通俄语的朋友同行，我还是为早年学的一点俄语已经忘光丢净，身在异邦形同聋哑而遗恨。此时竟然想起了朱春雨，假如老朱也能同行，说不定还会去《金蔷薇》的作者故居走访，以他的健谈和俄语功底，该会减免多少旅途中的寂寞。

21世纪到来之后，我开始过起了退休生活，可以不闻窗外事，只读自己想读的书，或者写一点想写的文字，也不妨随性玩玩。然而，窗外之事还是不时地传入耳中。只过去3年，便听到朱春雨去世的消息，这让我颇觉意外，又深感痛惜。他方逾耳顺之年，仍然处于健旺老成的创作盛期，还有多少新篇佳作等待他去打造，更有同道期许他在艺术探索上的更大超越未及实现。我的同龄朋友老朱，竟匆迫地终止了其20余年的军旅人生。“好雨知时节，当春乃发生。”春雨是在新时期军旅文学发芽时节携笔从军的，他以华丽转身和潜水泅渡完成了人生与创作的一次转型，将自己如骤雨频发的缤纷文字汇入军旅文学初涨的春潮，升腾起一丛炫丽的浪花。他没有像也是壮岁入伍的同行那样，难以适应严谨守序的军旅环境而不得不重返来处，却能于军旅环境中立足生根，行进自如地续圆他的文学梦。或许，他该有更多的雄心抱负，有为自己选定的军旅文学之路再度踏勘与开拓的全新目标。然而，他却累了，去了。春雨何在？“凭栏处，潇潇雨歇。”一个活泼泼的文学生命休止了，只留在许多惦念他的朋友的记忆中。春雨消歇，春雨消歇。呜呼！

2013 年 10 月草

驱动

世纪之交的春末，我正为受邀编纂的《新中国军事文艺大系·理论卷》写一个“前言”，回望新中国军事文艺50年的迢迢来路，不禁思绪纷纭，感慨良久。新中国成立之后，初兴的军旅文学由生机勃发，渐露繁华，彰显实绩，到挫跌衰微，构成将近30年军旅文学的崎岖历程。我也思索着军旅文学在进入新时期之后，何以会更替蜕变，再度振兴，造就出繁花耀眼、五彩缤纷的新局面。而军旅文学批评与创作的相伴生长，则是这一时期军旅文学发展进程中尤其令人欣悦的景象。

按照俗常的说法，创作与批评是推进文学发展的两只轮子。批评这只轮子，对于文学的可持续与平衡发展，自然是不可或缺的驱动装置。以往的文学历史似乎在显示，创作与批评总不能同步运转，批评落后于创作的态势屡见多有，少见批评与创作同步以至在某种意义上领先于创作，真正产生引导、启迪、激励与催生功效的时候。大约只有别林斯基担纲批评主将的19世纪俄罗斯文学的初兴年代，似乎是一个特例。20世纪30年代的中国文学，新文学的主将鲁迅先生也曾以其批评发挥过对于创作的辨正、引领和砥砺效用，但鲁迅是作家，并非专司批评。批评的强大功效还是需要一支训练有素的专门队伍方能发挥，好像由许多辐条组成的轮毂之合力才能真正驱动车轮。

20世纪50年代初兴的军旅文学，确也受益于文学批评所发挥的一定程度的助推力。不过，那时大多借重于军外的作家、批评家和学者的关注和支援，军中专事文学批评的人才稀缺，只有部分老一代军旅作家及文学编辑在进行客串式作业。此种现状大约引起有关部门及从业者的思虑，自20世纪60年代以后曾试图改善批评与创作的人力资源不平衡的状况，军中唯一的文学刊物《解放军文艺》，也采取过不同方式辅助这种短缺的人力资源的生长，从身在军旅的青年作者中发现和扶持可以专攻文学批评的人才，编辑部及其从属的出版社还先后调入4名大学中文系本科与研究生毕业的新成员。但受体制机制的困扰，旷日持久，成效并不明显。我在《解放军文艺》编辑部做评论组编辑的前十多年里，熟悉并时常联系的军旅作者大约只有税海涛、陈适存（思忖）、张雨生、毕星星等为数不多的几位，且后来有的早夭，有的改行或转业，人才资源依旧匮乏。

20世纪60年代上半期，随着军队建设由战时向和平时期的重心转移，军旅文学的观照对象与表现领域也在发生变化，以和平年代军营生活及练兵习武的日常训练为主打方向的创作顺势兴起，与前一年代以表现战争生活为主要方向的创作，呈现出不同的面貌。它们对于新的生活土壤的开垦与耕作，得到了最初的收获，产生过大宗书写新鲜的军旅生活与军营人物的小说、报告文学和诗歌。这一类创作虽然不免带着粗糙、直露和简单化的稚拙痕迹，带着那个年代特有的观念化流弊，但毕竟为军旅文学拓开了新的生活视野与表现领域，或许可以称为书写和平年代军旅生活的早期实验。这一类初显军旅文学新生面的作品，在当时曾引起业界和社会读者的关注，一些军外的批评家及业内人士也写专文加以评介。1965 年有一期《文学评论》曾刊出三篇文章，评说和推介新起的军旅小说作家任斌武、林雨和张勤的作品。三篇文章的作者中只有一个是军队文学期刊的编辑，其他两位则是军外专业人士和大学中文系教师，军旅文学批评的人力资源短缺的现状依然如故。

军旅文学在 20 世纪 70 年代末段前后经历了 5 年的恢复期，重获元气，再造生机。而在社会变革初兴之际，集结队伍，重整旗鼓，也需经历破茧而出的精神蝉蜕和能量积蓄。这个恢复期的后 2 年中，军旅文学已开始显露转型变轨的生机，出现了一些带着新锐之风的先行作品。自 1982 年起，军旅文学便进入蓬勃发展的繁盛期，新人佳作层出迭见，风情品貌变幻更易，造就了与此前全然不同的新模样和新格局。军旅文学创作的兴旺时态，愈加期待不应缺席的文学批评，企望着创作与批评的彼此呼应，相互支撑，使这一只轮子也随着时代前行的节奏一起转动。

需求虽是造就新事物的缘由和动力，却不可能轻易顺遂地转化为现实。军旅文学对于批评这只轮子的需求，也由于此类人力资源的生成困难与缓慢，不能不经历较长时日的蕴蓄与转化。停办四载的《解放军文艺》于 1972 年复刊后，在重建编辑队伍时也充实了评论组的人力，将原属福州和昆明军区的陈适存（思忖）、范咏戈调入本社，同我一起承担文学评论版面的编辑业务。这几位评论组成员，既是编辑者也是参与军旅文学批评的实践者，在军旅文学的恢复期以自己的努力助推军旅文学的复苏与生长，直至迎来军旅文学的兴盛期和军旅文学批评队伍初建时，仍然是较为活跃的基干成员。但思忖由于健康原因较早退出了工作岗位，范咏戈又奉调至总部机关，出版社不得不为再度调整人力采取相应措施。先是从部队中选择有文学批评写作潜力的年轻作者，到编辑部帮助工作，既补评论组人手之短缺，又磨砺并考察其写作才智。从大学中文系毕业后返回部队工作的黄国柱、丁临一，曾先后来编辑部帮助工作。此后不过几年，均以其勤勉努力进入军旅文学批评的基干队伍。再是举办短期的评论写作班，挑选三五名有志趣的部队作者，集结起来研究并撰写有关军旅文学现实动态和新人新作的批评文字，在实际操练中开发此类写作的才思技能。王炳根、金辉等多人先后参加过这类写作班，但金辉等后来转向报告文学和小说创作，王炳根则一直坚守选定的术业，在不间断的修炼中趋向专注与自觉，他对军旅文学的批评也由个案分析进入专题性探讨，并在军内外报刊连续发表文章。自 20 世纪 80 年代中期转业退出军旅以后，在军旅文学批评方面较早显露头角的王炳根，便没有再将这势头持续下去。

新时期军旅文学自 1982 年开始进入爆发期，以《解放军文艺》和新创办的大型期刊《昆仑》为重要平台，展示出大群新生代军旅作家此生彼长、缤纷多彩的文学实绩。作品大抵带有新锐奇崛的意识和锋芒，对于因袭已久的观念和范式展开集群式冲击，造就军旅文学焕然一新的面貌与格局。军旅文学创作的蓬勃发展，召唤着也刺激着军旅文学批评的生长。此时，出版社为填补编辑人员空缺，相继调入丁临一和黄柯，同我一起承担两个刊物评论专栏的编务。然而，面对军旅文学创作繁茂生长的态势，军旅文学批评的滞后及人力资源不足的欠缺愈见显著。编辑部不能不大量借助于社会力量的支援，邀请一些关注新时期军旅文学活跃发展的地方评论家及专业人士，为两个军队刊物和其他报刊撰写军旅文学批评。活跃于新时期文学批评领域的张炯、阎纲、谢冕、雷达、曾镇南、蔡葵、陈骏涛、缪俊杰、李炳银、谢望新等，都曾是介入新时期军旅文学批评的热诚志愿者，为风生水起的军旅文学浪潮推波助澜。军旅文学批评毕竟还要有军旅自身生长的队伍，要开发和增长这类特需的人才资源。所幸进入改革开放的年代以后，军队的成员结构已发生较大变化，许多高校毕业生走进军旅，其中就有一些人属意于文学创作与批评，已在尝试最初的演练。机遇难得，扩展军旅文学批评的人力资源的时机终于到来。如何将散处各部队的这类人力资源予以发掘和汇聚，打造成整齐而有效率的专门团队，便是当时军队刊物的编者所认定并追求实现的目标。此后的几年时间，以出版社的两个刊物为依托，逐渐聚拢起一支稍具规模的军旅文学批评队伍，其中有先后任职刊物编辑的陈适存（思忖）、范咏戈、丁临一、刘方炜、黄柯、叶鹏，有驻京部队的黄国柱、张西南、张志忠、陆文虎、骆飞及稍后进入队列的朱向前、陈先义、汪守德，还有远在西部边陲的周政保等。这支队伍中多数成员是地方大学中文系毕业入伍的，接受过专业文化教育和基础理论培训，具备从事文学批评的必要条件，也有一部分是出身于军旅、依靠自身研修与军队院校培养而获得一定写作功力的军人。军旅文学批评队伍的初建，显然成为新时期军旅文学兴旺发展的另一个重要标志，作为一只驱动军旅文学加速前行的轮子，它的效应也在实践活动中愈益显著。

1983年，解放军文艺出版社曾与济南军区联合举办过一次作品讨论会，以《高山下的花环》《射天狼》等三篇小说为主要话题，展开对这些新生代作家作品的创作特色、现实价值以及如何推进军旅文学更快发展的研讨与交流。那是新时期以来第一次由军队方面举办的规模较大的作品研讨会，到会的有不少各部队的新老作家，也有一部分日后进入初建的军旅文学批评队伍的作者。此后，采用研讨会的形式开展新时期军旅文学的及时性批评，则成为新建的军旅文学批评队伍的经常性活动方式。编辑部的评论组每年都会不定期地举行几次小型研讨会，约请这支队伍的大部分在京成员参加，或是对某一较具特色的新人新作展开议论评说，或是对近期的军旅文学创作态势与走向加以探讨评估，而后分头撰文在报刊上发表。在关于《高山下的花环》《射天狼》的那次研讨会后的第二年，就以这支初建的队伍为主体，举行过年轻军旅作家刘兆林的小说研讨会。刘兆林专程来京与到会者交流互动，倾听各位评说者的发言。刘兆林的创作起步不晚，却一度迟滞于先前单调、浅近的写作惯性，因不能冲破原有模式而惶惑、苦闷。他似乎在改革开放的时代潮流中受到震动与启悟，从《西线轶事》《高山下的花环》《射天狼》等军旅文学新作中，领略着冲击旧范、变革图新的鲜活经验和冲动，他将种种感悟与启迪，融通于自身的军旅人生体验，终于促发了破茧而出的创作新变。自1983年起，刘兆林在一年多时间写出《雪国热闹镇》《啊，索伦河谷的枪声》

《黄豆生南国》等多篇小说新作，像是冲出闸门的激流不可遏止，成为其创作上的一个爆发期。这些新意迭出的小说，刻画了几个烙印着变革时代特征的战士和政工干部的新颖形象，也触及新时期军营生活中初显的现实矛盾和挑战，而其所写事件的突异形态，更易于将情节冲突推向尖锐化程度，强力彰显作品内敛的生活意蕴。研讨会上评说者的坦诚发言，从不同角度阐述分析刘兆林新作的显著特点及其创作上的突进，并为军旅文学创作队伍又增添了一个骁勇冲刺的成员而欣喜。此次研讨会后，多名到会者分别撰写文章，向军内外读者热情推介了这位新起的青年军旅作家。刘兆林后来离开军队，转入地方作协系统工作，却依然坚持写作，更有视野的拓展与艺术的精进。21 世纪的第一个十年末，我曾在中国现代文学馆的一个会议室与刘兆林不期而遇，暌违日久，缘悭一面，几乎淡忘其当年模样。他是专程来为辽宁的一位作者朋友筹办一个散文新作研讨会，曾任省作协主席的刘兆林已届耳顺之年，却不能忘记当年军旅文学批评队伍专为他举行的那个作品研讨会，他向那位作者朋友介绍我时特意讲到此事，或许是他印象深切的青春期记忆。

军旅文学批评在新时期的生长与发展，大致是随着这个领域的人才资源之开发与整合而实现，也是通过对于像李存葆、朱苏进、刘兆林这样一群新起的军旅作家之关注和批评，交流和互动而实现的。批评与创作共生共荣的密切关系，评论者与作者同气相求的亲近关系，仿佛成为新时期军旅文学行进中的特有氛围，这无疑地有助于军旅文学批评队伍的成长。这支队伍虽然并不强大，却不乏效能与活力，其与军旅作家队伍的相知相惜，彼此倚重，颇为业界同行所注目。到了 20 世纪 80 年代中后期，这支队伍中的不少成员，已成为军内外报刊有关军旅文学批评的重要撰稿人。《当代作家评论》曾以专刊形式，发表了由这些成员所写的一批军旅文学批评文章，则是这支队伍的一次集群式亮相。作为一个参与者和见证者，我在漫长的期待中阅历过这支队伍生长的艰难、烦恼与欣喜，在为《新中国军事文艺大系·理论卷》所写的前言中，也表达了此种感慨：近二十年间，“伴随着军事文艺创作队伍的壮大，军事文艺的理论批评也初步形成了一支自己的队伍”。“尽管这支队伍的成员尚不算多，理论素养和学术功底也并不整齐，但这支队伍的建立却无疑地改变了多年来军事文艺的理论批评缺少专门队伍的状况，使军事文艺终于长成了能够平衡飞行的双翼”。

2013 年 11 月草

助产者的功业

将尽心守责的医生、护士比作白衣天使，大抵是世人对于那群特定岗位的从业者善行爱心的真诚赞美。天使之称高贵、圣洁，确非一切从业者皆可配享。即如从业于报刊出版界的编辑，只能称作为他人作嫁衣裳的无名义工。但若细究其实，编辑有时更似天使，当他为文学新生儿的降生付出心血、智力和劳苦之际，当他助籍籍无名的写作者走向成功与知名之途时，其殚精竭虑为文学助产的功业，何异于天使？然而，这类助产者的功业，并不能尽为业界以外的更多人所体察，甚至还会被某些受惠者所轻慢和淡忘，而这样的从业者却无愧无悔地坚守着一份寂寞。在中国现当代文学的演进途程中，有众多为文学助产的具名和不具名的编辑的功绩，可惜还没有人肯郑重地将这份功绩列入史册。

因多年供职于期刊编辑部和出版社，我自然熟悉不少业界同行，有些就是身边的同事。我目睹和体察过编辑与作者之间形态各异的对应关系，有时像是同道朋友，有时犹如晚生与前辈，有时又似师长与后学。不论何种形态，编辑总会为一件新作品的问世而筹谋，倾心竭力，在作品的刊载和出版过程中，已经包含着编辑的无形劳作。

在我身边有不少或长或幼的同事原本就是作家，确有相当的写作实力和才能，只为帮扶年轻作者在创作上起步和入轨，而无保留地奉献自己的创作才智与资源。我常常为这些同事如天使一般的仁厚爱心和敬业守责的操行所感动，有时便忍不住要为之说一说公道话。

20 世纪 90 年代初，我有缘参加一届中国作家代表大会，在会终的午宴上与一位女作家同处一席，我从介绍中得知其大名，确认她便是曾在我参与编务工作的文学期刊发表过几篇小说的作者。这位作者在西部边陲当过女兵，她融入自身的生命体验而写成的头一部中篇小说就载于这个期刊，如今已是有了些名气的作家。但她并不认识我，也不会知道我还终审签发过她的另一部中篇小说。或许是出自老编辑与年轻军旅作者随意聊天的惯性，我询问她是否还记得当年的某位责任编辑，可是话一出口便发觉有些唐突，场合与对象均不适当。我自知失言，便不再说下去，只是愕然望着这位女作家阴晴不定的脸色。此种尴尬情状，与我以往面对熟悉或不熟悉的年轻军旅作者时的交流对话断然不同，他们对于帮扶过自己的编辑们，会毫不掩饰地表露真诚的感念。其实，当年的责任编辑对于这位女作家早期作品的倾力扶持，同对待其他年轻的军旅作者并没有什么两样。20 世纪 80 年代中期，我接手终审工作后，审读过这位当时还是业余作者的女作家的另一篇小说稿，责任编辑正是已做了编辑部副主任的那位编辑。他一直负责小说稿件，经手编发过不少颇有反响的作品，这位女作家的第一部中篇小说亦是他经手编发的。此时的他已有短篇小说获得过全国性奖项，又有新著长篇小说问世，是一名新起的有实力的年轻军旅作家，但同时也是一个敬业而称职的编辑。我在审读这位女作者的小说稿时，分明看到原稿上留着用红墨笔删改润色的花花点点的痕迹，就文意的表达及文气的贯通而言，显然较原稿流畅和凝练了许多，这必定耗费了责任编辑不少心力。我也由此联想到，这位女作者的第一篇小说发表前，由初稿到定稿的推敲打磨，责任编辑所花费的气力大约不会比这一次少。我无法确知，当年尚未出道的女作者对于施以识拔提携之力的责任编辑，曾如何表达过感激之意。但我料想，而今虽已成名的女作家，还没有显赫到须令人仰视的尊贵程度，对待我的唐突之语，也许不至于过分介意吧。

不过，自此以后我在接触一些曾经是我供职的期刊和出版社的作者时，不管是著名的或不著名的，不论是否仍穿着军装，便格外加了小心，唯恐再生窘态。其后的经历也证实，我的这种顾忌并非多余。有一些当年的初学写作者，于功成名就之后，能够记起出道之前曾经给以助力的编辑者，已属不易。毕竟时过境迁，各人的身份地位亦自转换，做编辑曾为“天使”的光彩必定暗淡下去，倘能被昔日的作者还认作旧时朋友，已是一种幸运。倘若遇到一阔而变脸者，有了一点名声或做了什么高官，便自视不凡，对于当年编辑的称呼由“老师”改为“老某”，再改为直呼其名或曰“我的责编”，令“天使”降为保姆、奶妈之类杂佣，也无须惊诧，更不必感觉不幸。做编辑既定位于职守，便不介意世态人情的常见变迁，只需专注去做分内之事。

没有听说有谁因为某个昔日作者的变脸作态而痛悔悲伤，由此改弦易辙，弃绝了为文学助产的功业。天底下众多做编辑的人，大都心态正常，宠辱不惊，并不会真的犯了糊涂。

在中国新文学发达的年代，有不少先驱者也曾兼任过编辑者的角色，鲁迅、茅盾、巴金等都为文学青年编过作品出过书，助他们跨入文学的殿堂。这些大牌的编者自然成为从事编辑行当的人们引为典范的前辈同道。而那些新起的作家大抵也不曾忘记这些前辈的提携之功，乃至终生感戴这些引路者，似乎没有人在发达之后便“老鲁”“老茅”“老巴”地呼唤他们。或许出自对这些前辈的真诚感念与尊敬，或许由于他们名气太大，无法超越，不敢造次。当今年代仍有不少文场中人延续着此种感恩思贤的风习，偶见有些后来成名的作家在忆述文字中感念某某前辈名家的提携。前几年，我就读到曾于无意间唐突过的那位女作家的一篇文章，对于主编过某家选刊的老作家李国文给予其作品的关注、选拔，表达了真情的感念。这也多少稀释了我对这位女作家彼时的冷淡感觉。自然，李国文先生是名家，由中国作家协会主管的那份选刊也要比一般期刊影响更大，这种感念的分量必定加重了不少。但若相较于有些博了什么名声官位便自持身份，不轻易吐露什么感念之辞者，还是未失文人本色。

为文学助产者的功业，是一代代从业者无愧无悔的辛苦劳作累积而成的。这些从业者也许只是受命于志趣和职责，也许是乐于享受最先迎接文学新生儿的那份快乐，却并不想从接受助产者那里得到什么回报。毕竟，助产者的功业并不因接受助产者的回应如何而有所增损。但后者的回应，或许会是对于前者的一种精神上的慰藉。依我多年做编辑识人的经历，大致可以分辨各类曾接受助产者的区别，不免替那些熟悉的同行有时遭到的冷遇感到遗憾与不平。他们也许受制于声名地位的卑微，总不可能入文场中势利者的法眼，连他们曾为籍籍无名者化蛹为蝶所付出的艰辛劳作，为文学新生儿倾情助产的天使行动，亦成为散失于时空中的历史尘埃。

2013 年 11 月草

编事余墨

在出版社做编辑多年，对于编者和读者之间的关系自然有颇多感触。比如，编者有时倾力推出的新作品，会打动读者以至影响和改变读者的阅读旨趣，产生一定社会反响；但编者有时着意推举的新作品，读者并不买账，竟如泥牛入海，无声无息。识见与趣味的相投或相异，确会造成意愿与效果的对应或错位。而兼有编者与读者双重身份的个人，有时也会遇到文事需求与阅读惯性的差异和隔膜，比如，对于 20 世纪 80 年代中期突然冒出来的莫言的小说，就曾有过类似体验。

莫言的中篇小说《红高粱》在 1986 年《人民文学》发表后，曾引起业界不小的震动，其狂野恣肆的文思与格调，对于因袭理念与传统写法的颠覆与反叛，均有些悖世脱俗，生出爆炸性效果。现今的读者早已熟识了如莫言的这一类小说，不以为怪异，但在当时却不免让人瞠目结舌，或者暗生疑窦。原来小说可以这样写，小说竟可以这样写吗？歧异识见同时并存。但莫言毕竟由此收获了成功，在一群声名鹊起、势头正盛的青年军旅作家中，迟发迅至，蓦然显露头角。《解放军文艺》和《昆仑》分别刊载了《红高粱》系列的另外两个中篇小说，或许表明军中刊物对于这个文思奇诡、个性张扬的新锐作家的关注。

我读《红高粱》系列小说，最初的感觉是它们迥异于以往习见的抗战历史小说，该作品以游荡于乡野的土匪为主要角色，叙写其激于忧愤、缘于自发的驱寇义举。其选材视角有意撇开常规经纬，颇显乖张生僻，而并非无据无识，反倒别开生面。它们刻意悖反叙史写人的惯性思维定式，而力图发掘山河破碎之时乡野民间潜生暗长的民族抗侮气概与强悍血性。它们弃置传统写实的路径，而试以吸纳域外流行的现代主义艺术和拉美魔幻现实主义手法来演绎中国故事，像是用进口的奇型酒具盛入本乡本土的高粱酒。这个锋芒初露的新生代作家的小说，在当时或许不为更多军中读者所看重，人们更关注徐怀中、李存葆等的战事小说，朱苏进、唐栋等的和平年代军旅人生小说，所并行开拓的军旅文学新气象。但处在时代变革的大环境下，人们确须以开放的眼光去审视和接纳一些新异陌生之物，包括莫言的这一类以狂放不羁的想象突入自身并未阅历过的历史，去创造神采飞扬的乡土中国故事。

我在担负终审职责以后，遇到不少编务上的困扰，处理《红高粱》的初版事宜则是其中之一。莫言的《红高粱》系列小说，在地方和军队的几家刊物发表后，因其内容与形式的新异奇特，对于传统的价值观念与艺术理念的强力冲击，在业界颇有反响。编辑部提议将该系列 5 部中篇小说合编成书，及早出版，以展示和推介这位出手不凡的年轻军旅作家的最初成果。出版社领导经研究同意此提议，并立即上报选题。或许由于当时确有一些对《红高粱》系列小说的不同观感和批评意见，对小说中某些具体内容及表达方式存有质疑，上级要求审慎把关，经修改后出版。这件麻缠事落到我这个终审者手上，不得不“审慎”地再次通读书稿，思量有哪些需要修改的地方，其后只删削了几处便定稿付印。编辑部将书稿修改情况转告作者本人，莫言即表示理解和同意。同时又向上级领导部门报告，此书业经修改后出版。

《红高粱》系列小说的成书出版，或许是春光初现的时代变革为文学的自由生长提供了适宜的气候条件，令不少如莫言一般锐意创新的年轻作家走向施展才艺的前台。莫言在此书出版后，曾给我写来一封几页纸的信，用其特有的因夸成趣、铺张扬厉的行文方式，表示了感谢之意。其实，我只是依照编务程序做了一点不得不做的事。莫言真正应当感谢的，却是其身处的那个改革开放的时代。正是那个时代，让人们开始学会对各类新异事物和陌生现象的接纳与包容，也在排除各种以文获咎的现实可能性。我有个坏毛病，不习惯保存来往书信，不论是名人的，后来成为名人的或未能成为名人的，一概如此。不曾想到其中或许有日后可能变成某种文物，可以拿出来炫耀的。但我对莫言此后的写作，仍然是留意的。

前些年，曾有时评将《红高粱》系列小说称作长篇小说，或许是一种误读。其实它只是几个中篇小说的辑合，虽然在人物关系、情节故事、历史环境等方面确有关联及延续性，但就艺术结构与作品容量而言，并不具备长篇小说的特性。莫言是后来转向长篇小说创作的，自《丰乳肥臀》之后的作品，才渐渐有了长篇小说的模样。不过，《丰乳肥臀》在获得一家云南期刊奖金不菲的大奖后，却引发了一点争议。有军中老作家对小说里书写他们亲历过的生活历史的揶揄戏弄颇为反感，也不能接受其对乡村母亲形象某些偎薄亵渎的写法。在某一届中国作家代表大会的分组会上，也曾向撰文称赞这部小说的另一位军中老作家提出疑问。这类轶事似乎表明，对于一部文学作品的观赏评判，读者各有取舍，因人而别，实属正常现象。人们的价值取向和艺术理念虽然在变革时代都会发生变化，但其差异性不可能完全排除，或将长久地存在。我记得，当时还在上学的女儿曾慕名买过一本《丰乳肥臀》。她平日喜欢读小说，家中书橱里的中外图书也读过不少，但购来的这部新书却读不下去，就丢在一旁。我没有读过这本被闹得沸沸扬扬的小说，便接过来翻阅，竟然也没有耐心读下去。不知是受到了女儿的传染，还是女儿受到过我的影响，老少两名读者对同一部小说的观感竟如此相近。在我的印象中，似乎失去了初读《红高粱》系列小说时那种新异与惊奇的感觉，却生出一些阅读疲劳和厌倦。我在艺术鉴赏方面并不是一个纯粹的唯美主义者，但还是希望从阅读作品中得到一点审美的愉悦。这可能是我此后很少再通读莫言新著长篇小说的缘故。

自 20 世纪 80 年代中期开始，我偏重于阅读国内的长篇小说新作，较为关注已渐兴盛的当代长篇小说的动态与趋向，也写过一点评论文字。我较为欣赏那种具有丰厚的历史内蕴和生活实感的作品，那种带着作家的生命体验、生存忧思和感情温度的作品，而不太在意其在形式上有多少花样翻新。长篇小说的制胜之道，最终取决于作家如何看取和表露世道人心，其中定然隐伏着作家的人格力量。这一类阅读经验，大约是我从 19 世纪英、法、俄等国经典作家的小说和中国新文学的先驱者作品中得来的，却并不觉得已经过时。尽管现代主义和后现代主义似乎成了20世纪以来文学的主流，但其在长篇小说方面的成就或许远不能与19世纪的文学相比拼，那是产生了大量经典、造就了众多大师的文学世纪。一位近年获过诺贝尔文学奖的欧洲作家也认为，像他这样处在现代主义文学时代的作家所写作品，大抵是碎片化的，不像19世纪欧洲作家笔下的作品那样如宏伟的大教堂式的。以我自己的阅读体验而言，我读路遥的《平凡的世界》、陈忠实的《白鹿原》等，感觉要比读莫言的长篇更有兴味。但诺贝尔文学奖的评委们慧眼识珠，将众多国内外作家求之不得的顶级重奖授予莫言。这对莫言自然是一大幸事，也表明国际上权威话语的掌控者已在关注中国当代作家。不过，这仍然未能提振我阅读莫言长篇新作的兴致，那种读不下去的印象总是挥之不去。我能为自己辩解的理由，只能是获了诺贝尔奖的每一位作家，其作品也并非世界读者人人爱读，反倒是诺贝尔奖出世之前的不少经典作家，其作品却成为世界众多读者的常备读物。

思量起来，我与这位比我年少的鲁东同乡原本不存芥蒂，又绝非不认可其恣肆飞扬的想象力和写作才气，可就是不能欣赏他的长篇小说。或许，从阅读巴尔扎克、雨果、司汤达、福楼拜到陀思妥耶夫斯基和托尔斯泰这些世界级作家，以及鲁迅、茅盾、巴金等中国现代作家的作品，给予我的影响根深蒂固，不太容易看好如莫言这一代当今作家，总觉得他们同这些世界级作家相比，以至同他们并不佩服的中国新文学的先驱者相比，缺少一些底蕴厚重的东西，也缺少一些深刻思想，却扩张和泛滥了另外一些东西。不过，读《白鹿原》则不会产生这种感觉，甚至会认为在当今作家的诸多长篇小说中，似乎还没有一部抵得上《白鹿原》的分量。自然，诺贝尔奖的评委们未必会赏识它，未必会领略它所书写的中国的民族秘史和中国经验。萝卜白菜，各有所爱，这真是没有办法的事。

2013 年 12 月草

第三辑

青涩岁月

游子梦

世间游子多梦，思乡意切，恋母情浓，便梦由心生。我也算是多年漂泊在外的游子，却很少在梦里返乡重睹慈颜。于是，常怨自己不成器，竟如此不会做梦，不能与辞世多年的母亲在梦中相见；又钦羡古来许多游子恋母梦乡入诗文的雅事。鲁迅先生在大雾弥天、冰刀霜剑相逼的环境中，仍能以“梦里依稀慈母泪”的诗句抒写对母亲的挚情思念。孟东野的《游子吟》，更是从细微处极写母爱之情深意长、难以回报于万一的真义。认真回想之下，我之不善做梦也并非与生俱来。少年时就梦多，或许那时的我无忧无虑，爱幻想，时常在梦中骑着扫地笤帚或坐着簸箕，双脚不停地蹬踏便飞上半空，越过城市的房舍楼宇，越过郊野的树林山岗，一直飞向大海边。母亲怕我魇着，便拧我的耳朵以终止我梦中的欢叫。待我惊醒过来，盖在身上的被子已经蹬到脚底，露出光光的小肚皮。但自成人之后却少梦，尤其是母亲辞世多年以来，竟很少在梦里与慈母相聚，承欢膝下。我痛恨自己不孝，居然不肯回报母亲一个游子之梦。然而，我又何尝不时时思念着母亲，这思念如丝如缕绵延几十年，不经意间遇上什么外力的弹击碰撞，便会将我的心灵扯痛。既然不能夜间做梦，何不尝试白日做梦，在劳烦忙碌的工作和写作之暇，在沉静专注的阅读当中，我有时会陡然忆起母亲，在意识的流动中闪现母亲的音容和生前往事的片段，恍如进入梦境。这便是我的白日梦。

近日忽然接到冯立三兄大札，称他与梁晓声君将联手编一本以“母亲”为题的当代作家散文合集，嘱我也写一篇同题文字。这选题上佳，立意又高远，且稿约本身便意挚情切，不能不令人为之心动。这件稿约仿佛触动了我久藏胸间的心结，竟引发我又做起了白日梦。

世上写母亲的文字真不知有多少，那些沾泪的文字曾感动过无数为人子女者，让他们从心底开掘出对各自母亲刻骨镂魂的感念与思恋。

世上的母亲千千万，每位母亲必定有特具的性灵与风采，每个子女必然有属于自己的体认和忆念，这便使关于母爱的书写永远不会重复，也永久不会过时。而我侍弄文字几十年，也出过几本书，却没有存下一篇专写母亲的文字。每当拜读他人书写母亲的文字，常令我汗颜，总像是触碰了自己难以宽恕的良心亏欠。记得起来的仅有一次对于母亲的书写，竟是当年参加高考时的一篇命题作文。1957 年夏季，我在设于滨海城市青岛的山东大学校园内的考场参加高考，语文一科似乎只是一道考题，即以“我的母亲”为题在限定时间内写一篇作文。我生性喜文，爱看闲书，6 年的中学时期，在各门功课里语文课的作文算是我的强项，有些作文曾得到授课老师的夸奖，还在课堂上做过分析讲评，因而这道考题对我来说不算太难。55

年过去，那份高考试卷早已不知去向，那篇命题作文是怎样写的，写了些什么，也记不清楚，只隐约记得，我是将对于这世上最疼爱我的母亲的那份感激之情，真真切切地写进文章里去了。高考过后我能幸运地被录取，成为一名山东大学中文系的学生，似乎与这一科的考试成绩还算过得去不无关系。

机遇所至，这场关乎我人生走向的应试，命题偏偏与母亲相关，是母亲护佑了我，以她的大爱为我铺垫着升学求知的坦路。

这篇应试文字，毕竟只是将满 18 岁的我急就而成的稚嫩之作。在此后几十年的大量阅读中，从许多忆述文章和文学作品里看到有关母亲与母爱的多姿多彩的描写，才发现我的母亲这位女性的资质禀赋、生命精神以及她那博大的母爱，并不逊色于那类写真的或虚构的母亲形象。而我唯一写到母亲的高考作文，远没有写出母亲那样丰盈饱满的生命形象。我总想补写一篇关于母亲的文字，以深情之文回报母爱，却迟迟不能兑现。岁月催华发，转瞬间我亦步入老年。但这桩心事常常萦绕脑际，仿佛是我尚未做完的一道考题，是我必须偿还的一份感情债务。两年以前，在母亲 110 周年诞辰时，我也在白日梦里独自做过纪念。现今社会上经常为一些大人物举行诞辰多少周年的纪念活动，想必是这些大人物的生平与国家、民族和社会的前途命运甚有关联的缘故。母亲只是一个普通女子，没有什么彪炳史册的丰功伟绩，但她的一生劳绩与母性之爱，在儿女们心中却有无法替代和足够沉重的分量，她的生命形象一直照耀着儿女们的人生旅程，并化为永生难泯的纪念。

我的纪念是由默想母亲生前往事开始。母亲生我时已经

39 岁，因次年父亲去世，我便成为她膝下最小也最疼爱的儿子。母亲 60 岁辞世，她和小儿子只在一起生活了 20 年，而最后几年由于我和哥哥外出求学，并未断守在母亲身旁。母亲是带着一身病痛和对儿子的深深恋念离开人世的。我在童年时对母亲前半生的身世经历知道得并不多，母亲从来不向我讲述这类往事，也许是不想让她承受过的苦难再传递给小儿子，压伤了小儿子稚弱的心灵。我从记事以后见到的母亲样貌，就是一个整日忙碌而不知疲倦的半老女性，在她并不强壮的身躯里仿佛贮存着燃不尽的生命动力，支撑她不避寒暑、夜以继日地勤勉劳作。我幼时贪睡，有时半夜起来小解，总能见到母亲在外屋忙碌做活，或在面案和自砌的烤炉前赶制烧饼，或在冰凉的大水盆中洗捞糯米包粽子，筛粉沾馅摇元宵，为清晨以后的铺面生意准备吃食货物。我似乎知道母亲是为着全家人的生计而昼夜操劳，却并不懂得母亲何以有如此吃苦耐劳的韧性。中国人一向以勤劳刻苦闻名于世，中国的女人尤甚。然而，此类禀性并非上帝专赐给这个黄皮肤人种的，也不是中国人血脉中天然具有的特型基因，却是由于生存条件与社会环境数千年间给中国人带来太多的苦难，必须以繁重的劳作和忍受困苦的耐性方能勉强维持生存。正是严酷的生存环境逼迫着这个黄种族群不能不激发出更强韧的生命力，同苦难搏斗，与命运抗争，以维护自己的生存权利和人的尊严。从旧时代中走过来的母亲，何尝不是如此。当我年龄稍长，阅世渐多，由长辈亲戚和姐姐、兄长的忆述言谈中，听到一些关于母亲的生平往事之后，方开始明白母亲承受了怎样的人生悲苦，她在困境中如何能激发出强韧的生命能量的缘由。

母亲是在旧中国齐鲁大地上生长起来的女子，本名张玉兰，嫁给父亲后便改称韩张氏，竟一直不得使用本名，直到新中国成立以后，在户口登记簿上才重新填写本名。母亲在娘家姐妹 5 人，她是老大，自幼就习学做活，帮助父母料理家务，照看众妹。母亲成婚前后，正当军阀割据，南北混战，闹得民不聊生的社会动荡时期。她嫁到夫家没过几年，便遭逢父亲家中变故，伯父只身闯了关东，一去杳无音信，母亲随着父亲离开家乡潍县，一路奔波到海滨城市青岛谋生。起初，她和父亲经乡亲们帮助，分别进入两家工厂务工，成了 20 世纪初叶进城谋生的打工夫妻。父亲是在四方机车厂做搬运工，他为人仗义，与工友们相处融洽，彼此多有照应。由于厂主的苛刻盘剥，工友们的生计日益困窘，难以持久忍受，父亲便与几位热心工友出头找厂方交涉，想要为工友们争得一点改善生存窘况的权益。其实父亲并无什么政治倾向，亦不属于什么社会团体或组织，只依了“路不平有人踩”的古训行事。不料竟惹恼了厂主，就找个借口将父亲和那几位工友解除工职。这意外之祸令父亲一气之下病倒，母亲既要做工养家，又要照料父亲，整日愁苦劳作，熬过了一段艰难日子。父亲病愈后，已不能再回工厂务工，一家人的生活仅靠母亲做工的微薄收入难以为继。幸亏有几位乡亲和同情父亲遭遇的工友凑了一点钱，帮助父母开了一间面食铺子，每日制作一些烧饼、馒头之类吃食，拿到父亲原来所在的工厂门外出售，用餐时刻工友们便来买父母做的面食，以照顾他们的小本生意。这是那个年代里穷人帮穷人的特殊方式。

母亲虽不识字，但心思缜密，处事果决，这是她在娘家的长女位置和婚后婆家的变故以及外出打工生活历练出来的。为着照顾病愈不久的父亲，母亲毅然辞去纱厂的工作，专心经营面食铺子。她每日凌晨起身，赶制各类面食，天亮时分便挎起用棉垫裹着吃食的大篮子匆匆赶往工厂门口，待售完早点后，又急忙赶回家中制作午间的面食，然后再送往工厂供应工友们的午餐。母亲年幼时裹过脚，走起路来远不及现代女子的天足那样轻便稳当，而她每日都是拐着小脚往返两次送货，要走20多里路。无论风霜雨雪，暑热冬寒，天天如此。工厂里的工友大都知道，他们昔日的工友有一个如此干练且极能吃苦的女人。

面食铺子在父亲母亲的悉心经营之下，曾经有过一段平稳顺遂的日子，家中的生计也渐渐有所好转。母亲的愁容刚刚在面庞上展平、消退，却没有想到体弱的父亲又一次染了重病。父母居住的东镇那个地方离市区远，医疗条件本来就差，又少钱求医，父亲的病越拖越重，无药可救，竟撒手人寰，撇下妻子和膝下一群儿女。那个年代的社会底层民众，能够维持生存本就十分艰难，而家中的男人亡故，对于留下来的孤儿寡母更是突降的塌天祸事，这样的灾难足以毁灭一个无力抗拒其沉重压迫的家庭。失去丈夫的母亲曾长久地恸哭过，也绝望过，然而当她环顾身边的几个小儿女时，却又在心头升腾起活下去的勇气和希望。40岁的母亲居然以她柔弱的肩膀扛住了普通女子难以抵受的生活重压，她要保住这个破损的家庭，为已故父亲承担起养育儿女的责任，将千难万苦独自吞咽下去。匆匆办过父亲的丧事，母亲便开始投入往日的劳作，更为经心地料理她和父亲一道办起的面食铺子的营生，她知道这是她和儿女们赖以生存的唯一活路。母亲比往日起身更早，独自在外屋赶制面食，天不亮便挎起那只装满面食的大篮子赶往工厂。得知母亲家中变故的工友，格外关照母亲的生意，用餐时分总能让母亲送去的面食最先销售以空。工友们眷念故人的情分，也给予母亲温暖的心灵抚慰。

勤劳的母亲生育子女也多，但前面的几个皆因病无力诊治而早夭，活得最长的不及3岁。自大姐之后的4个子女，总算幸运地活了下来。父亲病故时，大姐只有10岁，二姐6岁，哥哥4岁，最小的我不满周岁。同住岛城的亲友，颇为这一家孤儿寡母的艰难处境而担忧，曾有好心人劝说母亲改嫁，以便将这一群子女带出绝境。母亲却执意不肯，她随父亲离乡在外闯荡多年，已经长了不少见识，不会再依循“三从四德”的传统妇道，她是怀着对父亲深深的情意，决计信守对父亲临终前托付的承诺，将父亲的遗孤保全下来，抚养成人。母亲性情刚烈，心气高扬，不愿让周围人们耻笑她这个寡妇的懦弱无能，她要用自己的行动证明，这个残缺的家庭绝不会在她的手中毁灭。母亲将一家人的绝续存亡都抵押在眼前经营的面食铺子上，她殚精竭虑地扩大经营范围，以期多增加一点收入，除了日常制作的面食之外，又增添了不少节令食品。每逢元宵节、端午节、中秋节和年节来临之际，母亲便忙着摇元宵、包粽子、打月饼、蒸年糕，赶在节日期间供应街坊四邻及远来的顾客。心灵手巧的母亲，不知从何处学得这样多的手艺，她制作的节令食品价廉质优，令品尝者纷纷夸赞从而远近闻名。有谁知道，母亲为赶制这类食品所加倍付出的辛劳。她时常半夜起身，为熟睡中的儿女掖一掖被子，便走到外屋兼操作间忙碌起来。她一双手因常年的水浸火烤早已肿胀变形，而经常性的睡眠不足则在她眼睛四周留下一圈黑晕。母亲的眼睛由于丧夫之后的悲痛几乎哭坏了，视力也大为减退，只能在昏暗的灯光下摸索着做活。在我家居住的那条小街上，邻居们只知这个拖着一群儿女的寡妇命运不幸和她起早贪黑整日劳作的勤恳，却难以想象这个遭逢家庭灾变的女人，竟有那样一种自强自立的气魄和勇于同苦难搏斗的生命精神。正因如此，她才能独自支撑起这个家庭的危局，将她的面食铺子经营得更有生色。俚语云：寡妇门前是非多。但母亲却以她的聪慧和刚柔相济的性情，抵挡着一些欺凌、蔑视与流言，保护这个脆弱的家庭不受伤害，也维护着一个正直的底层妇女的尊严。

在我的记忆中，有一位大表姐在我家生活了多年。她是因婚后不久丈夫猝死，在家乡生活无着，才投奔到母亲这里。母亲毫不犹豫地收留了这个远房亲戚。母亲为人厚道，极有同情心，她收留大表姐既是出于乡亲情分，更缘于同病相怜、惺惺相惜的共有命运。母亲自身备受苦难，却不忍看别人也深陷苦难，母亲在危难时受惠于亲友的帮扶，常怀感恩之心以求回报，故而很愿意给同样遭逢厄运的乡亲以力所能及的帮扶。母亲将大表姐当成自己的女儿，不只在生活起居上多加关爱，还手把手地教她做活的手艺，乃至将一些家务事交由她独立处置。大表姐也用心做活，勤勉持家，在日常生活中对母亲的照顾尤为体贴尽心，确是将母亲当作自己的亲娘。大表姐性情温良，不善言笑，只默默地协助母亲忙里忙外，没过多久便成了母亲不可或缺的帮手。大表姐对小她许多岁的妹妹、弟弟们颇为疼爱，照料看管也尽力周到，她不像母亲有时要兼施父亲式的严厉，对犯了错的儿女怒骂几句或责打两下，她总是柔声细语地数落劝说，让小弟妹们自省自责。因而，大表姐仿佛成了让我们感觉亲近的第二家长。母亲十分倚重大表姐，在长久的共同生活中培育起亲如骨肉的母女情感。但母亲觉得大表姐毕竟还年轻，应当有自己的婚姻生活，不宜长留在自己身边，便请托亲友为她寻一个稳重可靠的男人。大表姐再嫁时，母亲虽觉难舍难分，却又有一种嫁女的欣悦，终于了却一桩久挂胸怀的心事。婚后的大表姐生活还算适意，丈夫待她很好，夫妇二人平日和年节时常来看望母亲，在大表姐心目中，母亲这里就是她唯一牵挂的娘家。直到母亲去世以后，大表姐依然同这个娘家的姐妹兄弟保持着经常往来的亲眷关系。其实，母亲在那些年帮扶过的乡亲，不只是大表姐，还有六姨。六姨并非母亲的妹妹，只是一位同乡。六姨在家乡时嫁给一个国民党军官，后与那军官随军远赴广西，那军官竟另寻新欢，彻底抛弃了六姨。一个柔弱女子在人地生疏的异乡求告无门，又难以生存，不得已再嫁给一个在当地跑车的货车司机，却是家在青岛的山东老乡。那司机对六姨还算体贴关爱，只是由于常常外出跑车，不能照料家室，过了一段日子便打发六姨先返回他的家乡，待他满了与老板签约的货运期限，便回家乡团聚。六姨来到那司机家中，不料竟有前妻在堂，那司机的父母也不认这个新娶的家室。六姨虽忍气吞声，委曲求全，终究无法在那个家中存身，便从同乡那里打听到母亲住处，找到了母亲哭诉悲情，希望母亲能容许她在家中暂时栖身。母亲很同情这个小同乡的遭遇，又见她伶俐乖巧，善解人意，便答应下来。六姨感激母亲在自家尚且艰难之际收留她，又敬佩母亲的宽厚待人，古道热肠，非缠着母亲要拜干姐妹。其时，六姨比尚在家中的大表姐还小两岁，母亲无奈之下认了这个比她小 20 岁的干妹妹，按照娘家姊妹的排序唤她六妹，儿女们便称六姨。六姨在我家中住了一些日子，她的司机丈夫便回到青岛，不知怎样解决了家庭纠纷后，就将六姨接回去。六姨自此与母亲多有往来，似乎比亲姐妹还要亲热，母亲有时牵挂六姨的境况，便派遣儿女前去探望。

母亲一直记着对父亲的郑重承诺，要将几个失牯的孩子抚养成人，这是她终生必须完成的使命，又是她人生的寄托。母亲极疼爱她的子女，在生活起居中纵使委屈了自己，也不愿委屈子女，逢到年节时她会设法给女儿添一件衣裳，或给儿子置一双鞋，而她自己总是那两身穿了多年的旧衣装。但母亲忙于生计，没有精力照料儿女的一切，大表姐出嫁后，只能由还是孩子的大姐代行其职。父亲去世以后，三姨家为减轻母亲的负担，提出将二姐过继给她家为女，母亲虽心有不舍，也只得应允，好在是亲姐妹，又在同城居住，不时可以见到。在城市生活了多年的母亲，眼界扩展，心思广远，她自己不识字，却十分珍惜子女们学文化、受教育的机会，宁肯自己多受苦累，也要让子女读书求学。她相信，这是为子女们日后的生存境况能够有所改善的真正出路。大姐是在父亲病故后仍坚持读完小学，才不得不辍学在家帮助母亲料理家务的。穷人家的孩子懂事早，大姐体谅母亲独自支撑家庭的艰难，13 岁那年便到一家织布厂去做童工，由于身量小，要站在小板凳上才能摸到机器。她用稚嫩的肩膀，分担了母亲身上承载的生活重压。母亲在大姐做工以后，则对哥哥和我的读书求学寄予期望，决不让我们轻易放弃学业。她曾训教生性顽皮的哥哥：你爹大号宝书，只读了两年私塾，他嘱咐一定要你上学读书，长些真本事。读书是宝，你不能辜负了你爹的名号。在我家居住的那条小街上，哥哥是出了名的淘气孩子，连有钱人家的狼狗见了他也要退避三尺，一不留神就会被他关进街边灰石砌的垃圾箱里遭一顿打。但哥哥颇聪明，平日不见他怎样苦读，考试却总能出好成绩，数学老师尤其喜欢他解题的天分。哥哥小学毕业后，曾以优异成绩考入一所知名中学，竟因家中交不起能买两袋面粉的学费，只得辍学在家，母亲为此伤心难受了多日。两年之后新中国建立，政府优惠贫寒家庭子弟的助学政策，让哥哥获得重新求学的机会。他考入一所免收学费的公立中学，继续中断了的学业。哥哥高中毕业后，先是考入北京工业学院，仅读了半年就因病休学。第二年再参加高考，竟又考入北京大学。我也在这一年考入山东大学。由于有助学金，我们兄弟在大学读书期间的基本生存条件有了保障，家中只需提供简单的衣物和必要的路费便可。此时的母亲已年老体衰，不再做面食铺子的营生，大姐的工薪收入成为家中生活的主要经济来源。母亲倾力支持子女读书求学的强烈意愿和信念，仿佛也传递给了大姐，她将协助母亲扶持两个弟弟求学，当作对自己失去求学机会之人生缺憾的一种弥补。她在成婚并有了自己的孩子以后，依旧支持两个弟弟继续读书，直到完成大学学业。在那种新旧中国交替的年代，像我们这一类贫寒之家能够走出两个大学生，殊属不易。街坊四邻曾夸赞母亲老来有福，养成了两个争气的儿子。其实他们何曾知道，母亲为此遍尝了多少辛酸悲苦，耗损了多么宝贵的生命。老来回首，我们兄弟至今感戴那时的新政府助学政策的惠泽，更为感念母亲那情深似海的恩德和大姐的付出与牺牲。

母亲积劳一生，晚年时身体已大不如前，好像油尽了的灯盏，水枯了的河流，病痛已隐伏于周身。然而，她兀自为两个儿子学业的上进深感宽慰。儿子们要离开她去京城和省城读书，她心中难以割舍，却还是很兴奋地为儿子们打点简单的行装，叮嘱着外出的生活起居要务。待儿子们走后，她便陷入无法排遣的思念中。学校由青岛迁往济南后的第二年暑假，我因事未能返乡看望母亲，那年深秋，全年级学生正在鲁北农村参加下乡劳动与社会实践，突然接到大姐发来“母病速归”的电报，便请假赶回岛城探母。其时，母亲的病情已无大碍。说起发病缘由，竟因思子心切、忧虑过度而引发旧症。见到归来的小儿子，母亲的病也似乎好了大半，待我离家时，母亲特意早起为我准备了爱吃的饭食。我心中暗自思量，母亲的确是变老了，不只显露于华发衰颜，更呈现于如此依恋爱子的心态，总企望幼子常绕膝下，却又不能耽误儿子的学业，只得将万般思念植入心底。没有料到，待寒假回到家中时，母亲竟瘫卧在床。我心伤悲如锥刺针挑，潸然泪下，埋怨大姐不及早告知，母亲却说是她不许大姐发信，唯恐我往返折腾，误了学业。母亲的病是由常年的高血压而少有效药物所致，虽行动不便，思维尚清晰，话语也无障碍。她还说起收到寄给我的一份 8 元稿费，已经花掉了，原来是我年前写的一首小诗被当地文学刊物《海鸥》选用，稿费寄到了家中。母亲提及此事似乎有一种得到儿子孝敬的满足感，但这一点极其微薄的孝敬，竟成了我此生给予母亲的唯一回报。母亲没有等到儿子们学成归来，在她面前尽孝，便带着无尽的思念与期待于次年春季离开人世，将巨大的悲痛与锥心的悔恨留给她的儿子们。我得到母亲病故的噩耗从省城星夜赶回家中时，曾伏在母亲遗体前大哭了一场，心头涌起诸般悲情滋味，既为没能在母亲生前见她老人家最后一面而自责，又为不曾在病床前伺奉她老人家几日而愧悔，更为永远失去赡养敬奉老母以报答她养育之恩的机会而遗恨终生。办过母亲的丧事返回学校时，我的胸腔内仿佛一下子被掏空了，整个人变得形体枯萎，神情落寞，好像是一纸在天空中散漫飘荡的断了线的风筝。这个世上最让我牵挂的人不在了，哪里是我的寄托，何处是我的归宿呢？

游子之于母亲，是一个并生的书写不尽的文学话题，而母亲则是游子心灵中永久矗立的丰碑。我这个离乡 50 多年的游子，在母亲离世后也曾不时地做过关于母亲的白日梦，梦醒时分，徒然生出“子欲养而亲不在”的痛悔与遗恨，但也思量着如何寻求别样的回报。我曾经以为，传承母亲的品德风范，延续母亲的生命精神，也许不失为一种救赎补过的回报。当我试着以母亲的生命形象比照自己时，却丈量出极大的距离。我于求学任事之较为刻苦勤勉，或许传承自母亲，但与母亲以大爱熔铸的辛勤、坚忍与刚毅远不能相及。我与亲朋相待之较为诚挚友善及谦和忍让，也与母亲的宽厚克己、扶弱济困的善心厚德远不能相比。我对自己的子女之爱，更无法与母亲相提并论，母亲是将自己的整个生命掰碎、耗尽，一团一块地喂养了她的儿女。我不禁对自己感到失望，且又陷入难言的困惑，母亲的过早离去而令我欠下的感情债务，怕是此生无法偿还了。但我一息尚存，仍将继续努力。我会依照母亲的生命形象，一寸一缕地捏塑自己，鞭策自己，在人生路上坚毅刚强地走下去，以告慰母亲的在天之灵。

2012 年 10 月写讫

甜沫儿

“民以食为天”，这是老辈儿中国人传下来的古训。将吃饭视为天大的事，并不表明自古以来的中国老百姓只知要吃，活得没有出息和没有品位，实在是他们数千年生存经验的痛苦概括。既要生存，先须温饱，老百姓甚懂人存活于世的自然道理。然而，历代以来的中国老百姓欲求一饱谈何容易，自然条件的恶劣，农耕技术的原始，社会制度和统治秩序的不合理与不公正，加之数不尽的战乱与灾荒，老百姓过的经常是“食不果腹”的日子，即便是史家称颂为“太平盛世”的朝代，也有成群灾民逃荒、饿殍在野的记载。学者们津津乐道的“农耕文化”，不过是先民们土里刨食的艰难生存史，却将这茹苦含辛的生命挣扎历程学术化了。其实，以食为天，先求生存，不论中外的老百姓并无差异，乃是关乎人类自身存亡绝续的第一本能。进入现代社会之后，随着物质生产的发展进步，食物也丰富起来，但获取食物的方式与可能，却又有许多变化和差异。当今的人类世界，仍有一些地域食物匮乏，成群的饥民等待赈济，“以食为天”在那里依旧是生存真理。但在另一些地域，饮食不再占据堪比天大的重要位置，只是人们享用生活的一种方式，便转型为时新的“舌尖上的文化”。近来，电视节目中热播的《舌尖上的中国》，便是将中国人的饮食习俗升华为精深博大的饮食文化，其中演绎的各类传统吃食，很能调动起一般观众及美食家的兴致和胃口，且又令国人为本家传统吃食的精美绝伦而自豪。不过，国人觅食的环境和方式已经发生了时代性变化，饮食的原有品质、口味及制作方式也便处在或隐或显的变化之中。且不说西式饮食及洋快餐的引进，扩张并改造着部分国人的饮食习惯，就是中式餐饮的现代制作，似乎也渐渐丢失传统吃食的原汁原味。我并非美食家，却相信人们对某些吃食的感觉是同记忆相连的，时移境迁，确令人对某些熟识的吃食再也无法找回原有的滋味。比如我少年时代喜欢的一种吃食：甜沫儿。

我的童年是在一个海边城市度过的。那时，这座半岛城市规模不大，人口也不算稠密，却因依山傍海，景色绝佳，地理位置也显要，颇为列强国家所看中，先后被德国人、日本人占据过。后来，在国民党政府的管制下，也常有乘军舰而来的美国大兵在街面上游荡。大约与列强占领者的多年经营有关，沿海一带的城市建筑多为造型各异的洋房别墅，红瓦黄墙，绿树掩映，成为外国人和达官富人的居住区与避暑消夏之处。城市的东部与北部，离海边远一些的区域，则是平民聚居之地，工役商贾，五行八作，多集中于这一带拥挤简陋的低矮房舍。有些财力厚实的商家则在这片居住区内建起了楼房，虽不及沿海一带洋房的阔绰亮丽，也算得上鹤立鸡群了。

居住在旧称东镇的平民百姓，大抵以出卖劳力或各类手艺谋生，日常生活中的吃食也简单、粗糙，多以苞米面做成的窝头、贴饼子或薄如纸片的煎饼为主食，咸菜疙瘩和蒸虾酱则是常备菜。市场上并不缺少细米白面，海鲜产品也多，当地渔民常常起早赶海捕捞鱼虾蚌蟹，拿到市场上卖鲜货，但这些食物却不是平常人家时常能吃得起的。平常人家吃的虾酱，只是用剩壳残渣磨为糊状，掺以豆面之类蒸制而成，乃是最廉价的佐餐食物。我上小学时，每当放学回家，先要掀起外屋那口大柴锅的木盖，看看母亲做了什么吃食，若是见到锅里炖着热腾腾的茄子或土豆之类，锅壁四周贴着金黄的苞米饼子，就会为这一餐美食而兴奋。但平日里我在大柴锅中见到的，总是隔日做的几个窝头和一碗虾酱。我曾到过同住一条街上的同学家中，见到这个家里开着绸布店的同学的饭食，早餐便是小米粥和白面馒头。我虽知家境不同，不能与人家相比，但时常面对如此单调和千篇一律的饭食，也不免觉得厌烦。有时，我便在放学以后走到离我家不远的集市游逛。那个旧称“水龙池子”的集市，足有两个篮球场那样大，却密布着许多杂货摊和吃食摊，杂货摊卖的多是锅碗瓢勺、针头线脑及衣物之类生活用品，吃食摊则分别摆着煎年糕、炒凉粉、馄饨、包子、水饺一类便捷食品。我特别喜欢的却是一种称作“甜沫儿”的粥类食品，有时身上带着母亲或姨家给的一点零用钱，便买一碗坐在吃食摊前稀里胡噜地喝下去解馋。所谓“甜沫儿”，就是一种用糜子面熬成的稠粥，其实并不甜，却带点咸味，类似于老北京人爱喝的“面茶”，不过粥里却不是淋了调成稀糊状的麻酱，而是放入菠菜、粉丝、花生米之类。至于家乡人为何称之为“甜沫儿”，说不清道理，正如老北京人爱喝的“面茶”，称茶而不称粥一样。不管怎样命名，那稠乎乎、香喷喷的甜沫儿，大概是我记忆中少年时代的上佳吃食。

我离开家乡到京城工作和居住了多年，起初并未接触过面茶这类小吃。市场开放以后，面茶等各类传统小吃纷纷恢复，因其物美价廉，风味独特，颇受京城百姓青睐。一次偶然的机会，我因外出错过了饭点，便在地安门附近一家小吃店打尖。头一次喝面茶，并未觉得怎么好，但此后竟渐渐地喜欢起来，若有多时不曾光顾小吃店，总念着要去补打一次牙祭。那潜存的意识，似乎是京城的面茶作为替代物，能唤起我对少年时代爱喝的甜沫儿的记忆。有医学专家论证，人的胃对于它曾经消受过的食物也是有记忆的，尤其是它享用过的美好食物的滋味，会长久地储存于记忆深处，一旦遇到相类的食物，便会调动起熟悉的味觉，发出反馈的信息。不过，京城的面茶毕竟还不是家乡的甜沫儿，品味之余，仍不免勾起我对旧时所喜食物的念想。

前些年我曾数次返乡，也刻意寻找过那个旧称“水龙池子”的集市，但那个地方早已是楼宇相连、店铺林立的商业街区，哪里还有当年那一片如蜂房密布的小吃摊呢？在几家时新装饰的饭馆和餐饮店里，自然也找不到甜沫儿这类旧日小吃。幸而，在家兄居住的街区内，终于找到一家经营甜沫儿、油条之类早点的餐馆。我曾光顾了两次，专门要了渴念已久的甜沫儿，企望唤起对熟识吃食的旧时记忆，虽然其用料、做法没有太多改变，却无论如何吃不出当年的滋味。我并不怀疑自己的记忆有误，也许现今的这类吃食果真不及当年做得那么地道，但境迁事移，人们记忆中的事物恐怕不可能再一次原样复现。

正像西方哲人所言，人不可能两次踏入同一条河流。少年时代对于美好事物记忆之所以珍贵，正在于其率真无邪，少有烟火气和沧桑感，而一经人世风尘的磨洗，这记忆之物的不可重复性便愈加显著。倘能重复，已是复制品，也不值得在记忆中珍存了。

2009 年 9 月草

老屋

人在世间行走，似乎注定越不出命运所划出的人生轨迹。有人一生劳顿却不曾离开生养自己的乡土，也有人即使行走过外乡异域，最终又归老故里，有人则少小离家，终身漂泊在外，无奈将他乡当作了故乡。我虽不信“人的命，天注定”这类宿命说法，但自成人之后便不由自主地在外漂泊，频繁迁徙，终不能回归故里。先是为着求学和从业，由出生地青岛转往济南，又从济南来到北京。在京城生活几十年，由单人独骑到成倍增殖了妻子儿女，居住之所也东南西北城地迁移了 9 次，住过仅容一床一桌的斗室，也住过与同事合居的集体宿舍，成家以后则住过筒子楼和两居室、三居室的单元楼房。如今退休多年，居所似乎也宽敞了不少，可以有一处独自读读写写的空间，凌晨起身坐在书桌前沉静阅读或率性为文之际，有时不免想起大半生漂泊迁移的经历，而眼前的家居环境更令我忆念家乡的那处老屋。那是我的出生之地，也是我走进风雨人生的起点。

我家的老屋在位于胶州湾旁的那座海滨城市的东区，旧时称作东镇，与火车站一带临海的西镇恰为城市的两端，两端之间夹着的则是繁华市区。东镇是一片人口稠密的百姓杂居地，不像海滨的风景区有那样多的洋房别墅，也不像繁华市区有那样多的高楼广厦、商业店铺，却布满了简陋拥挤的平房民居。这里居住的大多是五行八作的市井小民，属于凭劳力和手艺养家糊口的社会底层民众。当年，我的父母从家乡来到这座城市谋生，就落脚于东镇的这处老屋。他们起初是分别在工厂里做工，后来才经营起一个面食铺子，制作烧饼、馒头之类吃食，送到父亲以前做工时的工厂去卖，也在老屋门前出售。这座城市的街道多以国内各地方取名，如辽宁路、湖北路、大连路等，也有不少以省内各地方取名，像威海路、胶州路等，我家的老屋就在历城路的中段。老屋临街有一明一暗两间房舍，外间稍大，是父母制作面食的操作间兼铺面，里间则是居室。后院有一个狭小的天井，一侧是两间小屋，住着两户人家，另一侧便是院墙。我的父母在这所老屋住了多年，他们的四个儿女便降生在这里。

我不清楚老屋始建于何年，但它确曾见证了这座城市几十年的沧桑变幻，从割让给德国人到后来被日本人占领，日本投降后又为国民党政府接管，直至国民党军队败退，解放军未战而进城，建立起新的政府。20 世纪前半期惊风疾雨的城市岁月，都在这所老屋留下过历史的刻痕。老屋更目睹了我们一家在漫长岁月里生存的艰危与命运的变幻。父亲病故那年，我尚不满周岁，无法感受家中突降的灾难，而老屋却夜夜听到母亲的哭泣，见到生性刚强的母亲忍泪含悲，昼夜操劳，独自支撑危局，拼力将一家人带出绝路。每当母亲奔波一天归来，唯有老屋能给她一点避风挡寒的温暖，等候在老屋的子女能给她增添一份挣扎求生的勇气。老屋也曾旁听过初为少女的大姐与母亲的喁喁夜话，那是一个冬夜，大姐守在操劳一天疲乏已极的母亲枕旁，柔声絮语地劝说母亲允许她去做工。她说有个要好的女伴已经在一家织布厂干活儿了，自己如今已经长大，也能像女伴那样出去做工，挣钱养家。母亲听懂了女儿的心意，虽然舍不得让未成年的女儿外出做工吃苦受累，却又不能违拗这个懂事的孩子要为自己分担忧患的愿望。母亲在那个冬夜艰难地做出了决定。从此，13 岁的大姐便进了织布厂做童工，像成年人一样早出晚归，在噪声轰鸣的织机旁辛苦劳作，以单薄稚嫩的双肩帮助母亲挑起家庭生活的重担。老屋熟读过大姐由懵懂少女到成长为这个家庭新主人的历史，仅仅五六年光景，大姐便代替母亲成为撑持这个危难家庭的重要支柱。

日本人战败撤走，国民政府接管岛城，但平民百姓的生存状况却未见有什么起色，而连年的内战和当政者的贪腐及经济弊端，更令货币贬值，物价飞涨，底层民众的生计愈加艰难。此时，家境陷入困顿的姨娘家从繁华市区迁到老屋来住，母亲的面食铺子也难以经营下去，原先的作坊兼铺面便改作我家的居室，后院天井一侧的两间小屋又新住进两户人家。孤寂冷清的老屋顿时热闹起来。清晨时分，外出做工或贩货摆摊的大人，赶往校舍上学的孩子，纷纷走出老屋各奔东西，天黑之前便如归巢的燕子回到老屋，生火做饭，备办家人的晚餐。老屋居民均属贫寒人家，在艰难时世中挣扎求生，相互间便生出同病相怜、同气相求的情分。平日里，遇到生活窘迫之时，我借你一瓢玉米面，你用他一点油盐醋，互相接济，彼此照应，是常见之事。若是哪一家遭逢什么变故，其他老屋居民必定毫不犹豫地施以援手。有一次母亲外出，因为一件什么事情与一名街头无赖发生争执，那人自恃年轻力壮，竟然要殴打母亲，姨娘赶去援助，姐妹二人便与那人对峙起来，此刻，老屋的其他居民也闻讯赶来，加入战团。那街头无赖见对方人多势众，只得悻悻地罢手而去。母亲后来提及此事，甚为感叹老屋的邻居们有一种穷苦人的义气。

姨娘家曾有一位旧友，不时来老屋串门，却被当地警察局疑为搞地下工作的共产党分子，在侦知他又一次来到老屋时，几名便衣警察就到老屋来搜捕。当地警察局离老屋不远，夜深人静之时，老屋居民能隐约听到关在局子里被拷打的犯人凄厉的惨叫声。老屋居民厌恶当地警察横行街区，欺压无辜百姓的做派，却同情被施压的弱者。故而见到前来抓人的警察，老屋居民便如事先约定了似的，有的在前面堂屋里与警察搭话周旋，有的在后院天井里帮助客人翻墙逃走。几名警察搜遍老屋各处，不见那人踪影，只得无功而返，老屋的居民们才长舒了一口气。岛城解放以后，随解放军入城的那位客人又一次来到老屋，专程向老屋的居民表达谢意，他念念不忘这些相识和不相识的人们当年搭救自己的恩情。此时，老屋的居民们才知道，他们当年果真是保护了一个共产党的地下工作者。

流逝的岁月总会在亲历者的体验和未曾亲历者的想象中呈现出不同意味。经历过新旧中国转换时期的人们，尤其是久处社会底层的民众，大抵是由自身的生存境遇、情绪心态之细微而缓慢的变动中，感知与体认这个刚刚降临的新社会。岛城解放以后，老屋居民的生活际遇已在渐渐地发生着变化。我的大姐进了一家国营的丝织厂，当年的童工如今成了新中国的第一批产业工人。她那常年负重的心灵像是变得开朗欢畅起来。在紧张劳作之余，她热心参加工会组织的业余文艺演出队的各项活动，扭秧歌、打腰鼓以至登台演剧，仿佛要将延迟到来的青春期的生命光彩尽情尽意地绽放出来。当初过继给姨娘家的二姐，也进了工厂，因姨父病故曾一度陷入困境的母女二人，有了基本的生活保障。老屋的其他居民，有人务工，有人从事商业，家中得以有较为稳定的收入，生活虽仍然清苦，却不再为动荡不宁的艰难生计而日夜忧烦。有一户人家的女儿，日后考入南京的一所大学，毕业后留在当地工作，且将其父母接到南京长住。老屋居民的生活变迁，大致可以见证新中国成立初期城市平民生存境况的改观，那是亲历者的记忆中印象鲜明的时光。可惜，至今没有读到多少对那一段历史生活并非概念化的真实描写且给人印象深刻的文学作品。其实，在老屋居民这一类从旧中国走过来的城市平民的记忆里，新中国初建时期的那一段岁月，因社会环境变更而获得生存境遇的改善，在精神心态上也确有一种“解放”了的欣悦，得到过与其他社会阶层地位平等的尊严，也萌生出对于未来的新生活的向往。这一段印象清晰的历史记忆，来自实际生活的切身感受。

在我初中毕业那年，大姐所在的工厂附近建起了职工宿舍，大姐也分得了一处住房，我们一家便随大姐迁往新居，离开了栖身多年的老屋。这次迁居对于我家自然是一件值得庆幸的事，不仅方便大姐就近上班，且有了一处属于自家的新房，又可省去不少费用。但母亲却为此悲喜交并，辗转难眠。她舍不得离开老屋，她在这里辛苦劳作，挣扎生存，熬过了半生岁月；她在这里养育了一群儿女，也在这里送走相依相伴、患难与共的父亲。幸而，姨娘还住在老屋，可以不时去老屋走动，看一看令她梦绕魂牵的旧地。

我在姐妹兄弟中排行最末，却也是在老屋出生，长到十几岁，我在这里初尝过人间的忧乐悲喜，初览过世道的沧桑变化。我记得与童年的伙伴在街边玩耍时，常见到日本的小飞机从老屋的上空掠过，刺耳的轰鸣声令人心悸。当我进入小学读书时，却不再见到日本飞机的踪影，从大人们的言谈中知道日本人已经投降，撤离了这座城市。我上小学四年级时，春夏之交的季节曾有一段兵荒马乱的日子，听人们传言，许多国民党军人和带着家眷的官员已乘船从海上逃走，海西那边的解放军就要打过来了。那些天，学校停课，店铺关门，家家闭户，街上不见行人。忽然有一天上午，我在老屋内听到街上有人喊“解放军进城了”，便乍着胆子跑向离老屋不远的威海路。马路两旁已站满了围观的民众，中间是穿着土黄色军服打着裹腿的解放军正向市区急速行进，长长的队列望不到首尾，一直开进了半日。那天是 1949 年 6 月 2 日，解放军未放一枪，便接管了岛城。

岛城解放以后，学校很快就复课，上面派来一位教导主任，似乎是负责师生们的管理教育。我隐约感到，学校里的许多成规旧习在悄悄地发生变化，每周一次全体学生在操场上列队背诵“总理遗训”的仪式取消了，改作课间体操；有的老师用戒尺打学生手心以示惩罚的习惯改掉了，旧时严厉可惧的师尊似乎变得和蔼可亲了许多。以前只有少数学生进入而时常穿着制式服装的“童子军”被撤销了，却在全校学生中建立起

“少年先锋队”，许多孩子以能够戴上一条少先队的红领巾而感到兴奋快乐。新来的教导主任尤其招孩子们喜欢，时常在他那间办公室兼卧室里给学生们讲海西根据地里的新故事，说有趣的逸闻笑话，还朗读他新写的儿歌。这位随解放军入城又进校的教导主任刘饶民，日后竟成为省里颇有名气的儿童诗人。小学校里的诸多变化，令初进少年时期的我对于突然来临的新社会生出朦胧的好感，虽然尚不明白这世道变化的原委和道理，却带着少年人的向往走进新生活。我生平第一张照片是贴在小学毕业证书上的毕业照，那上面的我已戴上了红领巾。

小学毕业后，我考入一所免收学费的公立中学，那时这类学校在全市仅有几所，平民家庭的孩子很珍惜这样的升学机会。我每日清晨从老屋出发，走 10 多华里到靠近西镇的馆陶路校址，几乎穿过半个城区。有时要回家吃午饭，还须多走一个往返的路程。我时常带上两个苞米面窝头和一点咸菜作午餐，好在学校可以为路远的同学们热一热自带的饭食。清苦的求学生活，竟也不乏单纯少年应有的欢愉。每日下午放学，我又像羽翼未丰的雏燕急匆匆地飞回老屋，吃上一顿母亲做的热汤热饭，还要向母亲叙说学校里的琐事和新闻。有次在校本部听过一位志愿军英雄人物做报告，这位在朝鲜战场打下过美军王牌飞行员的志愿军英雄名叫王海，曾在我们这所学校读过书。听报告的同学都很兴奋，为有这样一位校友而感到光荣，这一夜我在老屋的火炕上竟做起了在半空中疾速飞翔的奇梦。我在老屋一直住到初中毕业，全家迁往新居后，只在附近的一所学校读了三年高中，便离家外出求学，从此告别了这座海滨城市。多少年过去，不论我在何方漂泊，何处安家，老屋一直是我记忆中的故园。它刻印着我幼年丧父的不幸岁月，初阅人世艰难的童年时光，也存留过我少年时期萌生的欢悦与梦想。自然，我也无时不在思念那处令我魂牵梦绕的人生出发地。

自20世纪60年代初我到京城工作后，竟有多年未能返乡，更不曾探望老屋。大学毕业前一年母亲辞世给我留下的心灵巨创，长时间难以修复。常思乡却又怕返乡，因我无法面对母亲归去之地，无法消解自己未尽人子之责的痛心愧悔。70年代末，我曾带着刚上小学的女儿于暑期返乡，其实是欲借后代人的归宗认祖以救赎自己的良心亏欠，也缓解久积心头的思乡之苦。从此，偶有出差或休假的机会前往岛城，总要去探望老屋，不只为追忆无忧无烦的少年时光，更是为怀念这世上最疼爱我、护佑我的慈母。老屋的居民已几度更换，不便贸然闯入，只得在门前的小街上徘徊。老屋似乎粉刷过不久，白墙黑瓦，在斜阳中闪着清辉，但在我的感觉中仿佛比旧时变得低矮、狭小了。伫立于老屋门前，再也看不到出入老屋的母亲那匆忙的身影，听不到母亲那熟悉的长长的叹息。只有从海边方向吹过来的风，掠过老屋的门楣，掠过我已染初霜的发际。

退休之后再次返乡，已经是21世纪了。十多年未见，这座海滨城市的变化不禁令白发游子大为惊诧。从汇泉公园向东通往崂山的途中，建起了宽阔的海滨大道，比起栈桥一带原有的滨海路恢宏气派了许多。大道两旁到处是新起的楼群，满眼是车流人潮，往日清幽雅静的岛城已变幻为繁华而嘈杂的现代都市。我赶往老屋所在的东镇地区，那里也变得让人无从辨认，大片的平房民居不复存在，旧址上居然立起一幢幢造型各异的小巧楼房，楼群之间点缀似的布设着花坛和各式健身器具，有三三两两早起的居民正在晨练。我从记忆中搜索着老屋所在的街道，路名依然保留，老屋了无踪迹，原址上立着一排两层或三层的精巧楼房，楼房底层均为经营各类商品的店铺。我在街道上缓步巡游，往来折返，无论如何也寻不出老屋的旧日影像，流动的时光已将我对故园的怀旧思绪无情地击碎。我确信，怀旧也许不是一种好东西，它会捆绑住人们的腿脚，让人们迈不出变革图新的步伐，也会羁绊着人们的思维，令人们无从释放出构建新生活的想象力和创造力。但人生总不免要经历四时轮转和履新念旧的漫漫途程，不论人们有过何等辉煌或黯淡的生命体验，童稚时期的生命岁月总是诚可宝贵的心爱之忆，无法从人的生命历史中抹去。

2009 年 10 月草

长姐

长姐小名蓉儿，在我父母所生的一大群子女中本来排位靠后，但前面的几个孩子因病不治而早夭，蓉儿命大，竟躲过夭折之劫，护佑着后来出生的妹妹弟弟存活下来，便理所当然地升为老大。旧时中国的家庭，子女中的老大身份有些特殊，倘是男孩必定要担负起守成继业、传承祖荫的重责，或是承当着兴家立业、光耀门楣的重托。蓉儿虽为老大，却是贫寒人家的女儿，便独有一份逃脱不掉的义务，既要协助父母维持家计，还要兼顾照料小妹小弟。蓉儿的少女时代，就是在履行这无法推卸的义务中度过的。

蓉儿自童年时便遭逢家中变故，在忧患中长大。先是在工厂做工的父亲因仗义执言，为工友们争取增长劳动报酬的合理权益，与厂方争辩理论，竟被厂主除名。父亲为此失业，气急而病，家中生计几乎陷入绝境，幸得好心工友和亲戚的周济，才勉强渡过难关。父亲病愈后，亲友们又凑了点钱，帮助父母办起一个面食铺子，靠着小本营生维持家计。但没过几年，父亲又染重病，久拖不治，遽然病逝，那时的蓉儿不满 10 岁。

父亲的离去，令一家孤儿寡母如同塌了天，连街坊邻居也不能想象这样一个破碎的家庭如何走出绝境。蓉儿从终日以泪洗面的母亲那里看到的不只是悲伤，也有坚毅和刚强，有带着一群儿女求生路的决然意志。40岁的母亲以比往日倍加繁苦的劳作，经营着她的面食铺子。常常早出迟归奔波在外，回到家中疲乏已极，仍要操持儿女们的饮食起居。蓉儿心疼母亲，更敬服母亲不畏辛劳、承受苦难的强韧毅力，已萌生了帮助母亲分担苦难的初愿。蓉儿在母亲的坚持下读到小学毕业，便决计辍学，二姐已过继给姨娘家抚养，蓉儿遂协助母亲料理家务，照顾两个小弟。接踵而至的家庭变故，令尚未成年的蓉儿过早尝到人世的悲苦和生存的艰难，她体谅母亲独自支撑家庭的苦楚，屡屡要求外出做工挣钱，贴补家用。母亲虽不舍得让蓉儿做工受苦，却无法违拗女儿的孝心，终于应允下来。蓉儿13岁那年进了一家织布厂做童工，从此就用她稚嫩的肩膀同母亲一起挑起了生活重担。

蓉儿的血脉中无疑带着母亲的遗传基因，柔韧坚强，极能吃苦，又懂顾家。刚进厂时，由于身量瘦小，够不到织布机，整日要站在一只小凳子上操作，一天劳作下来，腿脚酸软，几乎不能移步。但蓉儿回到家中并不向母亲诉苦，熟睡一夜缓解疲乏之后，次日照常早起上工。蓉儿的勤勉聪慧酷似母亲，进厂没有几年，已成为熟练的挡车工。她的劳动收入，渐渐地成了家中生计的重要来源，每当月底厂里发工钱，她带着两个小弟从厂里抬回以物代薪的两大袋玉米粒子，见到母亲喜悦的神色，她便会为自己能替母亲分忧而感到欣慰。母亲后来发现，蓉儿能够挣钱养家之时，也有了自己的小私密。她有时与后院的女伴外出或探访旧日同学，悄悄地将揣在怀里的一个小布包塞给对方，那是她从家中盛的半瓢玉米或几把玉米面，用这点微薄的周济以求缓解小姐妹的燃眉之急。母亲在心里赞赏蓉儿的善良和同情心，自然不会责备她，只是嫌她不该瞒着家人。其实，蓉儿这种看不得别人遭困受苦的性情，何尝不是受了母亲潜移默化的影响。

蓉儿进厂做工后，母亲便改用学名秀珍唤她，表示对女儿立身成人的认定。正值妙龄的长姐，不曾有过花季少女的烂漫岁月，只有周而复始的繁重劳作伴随他的青春时光。长姐 19 岁那年岛城解放，不久，她被招入一家国营丝织厂，成了新中国最初的一批产业工人。为旧时环境和生活重担压抑了许久的长姐，仿佛释放出前所未有的青春活力，她在劳作之余热心参加厂工会组织的各种文化活动，扭秧歌、打腰鼓、演戏，展现出旧时少见的演艺才分和组织能力，成为厂里开展业余文化活动的骨干。长姐热情迸发、神采飞扬的青春期状态，或许是来自她作为工人队伍一员和新社会主人的清新意识，也来自她渴望抬起头做人的倔强性情。长姐的劳动技能和热情任事，渐渐引起厂方的注意，被确定为从产业工人中选拔干部的对象之一，不久即被任用为厂工会的干部，并且成了一名由工人队伍中吸纳的中共党员。长姐以她自强自立的做人姿态，弹奏出她青春岁月的华彩乐段，她对新中国的那份亲近之情，也是由她自身命运的变迁中油然而生的。

长姐似母，贫苦人家的长女必定过早地分担着母亲的一部分职责。长姐体谅母亲的辛劳，也理解母亲的怜子心意，父亲病故后她愈加懂得疼爱和照顾两个弟弟，尤其是我这个比她小

9 岁的幼弟。她在假日和空闲时，总要帮助母亲做些家务活，还乐于照料我的饮食起居。我少年时总害眼病，又难得就医，长姐时常帮我用清水洗、热巾敷，还背起我到街上走动，去吹吹风，晾晾眼。小学同学见到我伏在长姐背上出行，就讥笑我懒惰娇气，长姐便据理为我辩护。长姐自己舍弃了求学的机会，却将读书求知的愿望寄托于两个弟弟身上。她甘愿自己辛苦做工，辅助母亲节俭持家，也要尽力支持两个弟弟求学，以期学业有成，得以立世做人。成婚以后的长姐，承担着赡养老母的义务，而对两个弟弟继续求学的支持，从未动摇和改变。苍天有情，机遇难得，长姐这种自信的期待与无悔的付出，终究没有落空，两个弟弟先后考入大学，一个去了北京，一个到了省城。在我家旧住的那片人口稠密的街区和后来住的职工宿舍区内，一个孤儿寡母的贫寒之家走出两个大学生，那时也算得一件稀罕事。这让长姐比自己当了“劳模”、获得奖励更为开心，似乎更有成就感。母亲辞世以后，长姐仍一如既往地支持两个弟弟完成学业，直到弟弟们毕业后自立于社会，长姐终于松了一口气，如同驾车的辕马在负重远行抵达驿站时，可以卸下重载舒缓长久的劳乏，更可以告慰父母的在天之灵了。

我与长姐的情感是在多年相依为命的患难生活中培植起来的。作为幼弟，一直对长姐为我的成人立世而劳苦多年心存感激，母亲去世后，我将长姐当作母亲的忠实替身和代理人，我对母亲的深长思念与感恩之情，自然也部分地转移到长姐那里。到京城工作多年，偶有外出机会去岛城，我必定探望长姐，将她的家当成自己儿时的家。长姐仍像往日一样亲亲热热地关爱我，如同迎接归来的游子。其实，长姐也时时惦念离乡在外的幼弟，虽不能近身看护，却在心头长久眷顾。

在我成婚之际，长姐曾带着小外甥专程来京探亲，看望我和新婚妻子。她是操心小弟的婚事，想亲自看一看小弟娶的媳妇，代替母亲了却心愿。当她返乡时，我从她愉悦的神色中已读出了答案。长姐此后经常要求我带着家小返乡过年，我却因忙碌而不能遂她所愿。只有一次，我和妻子带领初入小学的女儿返乡，在长姐家住下，着实让长姐忙碌了几日，颇令我于心不安。此后，我便以各种借口抵挡长姐命我返乡的要求，避免再次搅扰长姐一家。儿子出生后，长姐又期盼我携子返乡，她想见见这个娘家唯一的侄子。这个要求不能拒绝，我和妻子又无法脱身，就让 12 岁的女儿带着 4 岁的小弟乘火车返乡，好在动乱年代已经过去，社会秩序较为安定，并无拐卖儿童的事件发生，两个孩子顺利到达岛城。长姐一家像迎宾似的将她们从车站接回家中，侄女雁儿以前见过，只是长大了几岁，小侄骏儿竟成了长姐一家的娇客。据女儿回京后的叙述，大姑将这个初次见面的侄儿当成了宝贝儿，关爱体恤，无微不至。我虽不在场，却能体味长姐的心思，她曾在艰难的生活环境中，为娘家的存亡绝续苦撑了多年，而今终于见到娘家兄弟家室繁衍的生机，见到可以传承父辈血脉的根苗，能不深自欣慰，倍加珍爱。这种由血缘和生存命运滋养起来的亲情，在她心中分外贵重。

长姐退休之前，曾应我的恳请同已经退休的姐夫一起，来到我在京城的家中小住。那时她身体健康，精神状态良好，每日同姐夫一道外出游览，观赏京城的名胜古迹，回来时总要与我叙谈观感，像是一个对身外世界充满好奇的孩子。长姐返乡后，时常念及我和妻子接待、照顾他们夫妇的诚意真情，期待我全家再次返乡与她一家人团聚。岂料，长姐退休不久，便生了那种久缠难愈的精神疾患，时隐时现，迁延拖累，竟折磨了她十多年。每当发作起来，便怀疑、畏惧周围的一切，怕自来水中有人投毒，怕家中冰箱会放电伤她，怕邻居家放学归来的学生在背后监视她，时常举着一支木棍在家中四处敲打，借以驱除危险，以至将家中的冰箱、洗衣机一概敲毁，搅得家人紧张，四邻不安。然而在病情不发作时，长姐却与常人无异，且不肯承认自己患病，更拒绝医治，家人想尽办法也不能让她就医服药。曾经那样热爱新社会的劳动女性，那样疼爱过我的长姐，竟带着这种精神疾患苦度晚年，还要照顾老迈病重的姐夫，而我远居他乡无力为之解忧，每念及此就令人心痛。姐夫辞世以后，长姐独自支撑了两年，终于也倒下去。她是坐在家中的沙发椅上突发心脏病去世的，儿女各自成家不在身边，她竟孤独地离开了这个世界。

我赶回家乡送别长姐时，在极度悲痛中也为不曾尽力帮助长姐解除病患而深自愧疚。长姐一生辛劳，为亲人、为她所热爱的新社会付出了许多，却并不企求回报，只是为家庭尽一份责任和保持一个劳动妇女的本分。当我在泪眼中凝视长姐的遗容时，却看不出一丝苦痛，似乎只有恬淡和平静，仿佛她在辞世前没有什么抱怨和遗恨，只是安详平和的离去。我蓦然发觉，长姐那天性中的善良正是在这一瞬间定格了。

2009年11月草

兄弟

世上的男人之间，关系密切到无法割断的程度者，莫过于父子兄弟。而同辈的男子因血缘关系成为兄弟者，则被喻为手足同胞。古人常以“四海之内皆兄弟”这类话语，表达他们企求实现不同地域、不同种族的男人们亲密和睦如兄弟，共建幸福家园的愿景。兄弟之情或许是男人世界里最为特殊的一种情感，它是由生命的同根共源所带来的原生情缘，是某一个体生命对于另一个体生命所特有的珍视、眷顾和牵挂，虽不似女性的情感那样柔婉细致，却也不乏恒久的韧性。如今，独生子女的家庭庞大，许多家庭的独子已难以体认“本是同根生”的兄弟情义，只得另寻此类情感的替补。但如我这一代从 20 世纪走过来的人，则多有对于此种情感的真切体验，历久弥深，愈加懂得珍惜。

20 世纪 30 年代末，我出生于鲁东海滨城市的一个多子女的贫寒家庭。我生而不幸，父亲在我不满周岁时便因病辞世，我甚至连他的模样也没有记忆，只能从父亲留下的一帧画像上去辨认他。我亦生而有幸，有一位聪慧善良、柔韧而刚强的母亲，是她在父亲去世后含悲忍苦，独自支撑，将膝下一群儿女抚养成人。我还有疼爱幼弟如同小母亲一般的大姐，又有自愿充当我的玩伴兼保护者的兄长。兄长大我 3 岁，性情却与我相异，我自幼温顺老实近乎懦弱，兄长则乖张顽皮透着强悍。在我家居住的那片街区，兄长的淘气是出了名的，没有哪个年龄相仿的孩子敢招惹他，连邻居家看门护宅的狼狗见了他也要退避几分。但兄长也有自己的行事底线，并不随意欺侮别人，只是对有些大户人家子弟或街头顽主的冷眼恶语、倚势欺人的行为不肯示弱，尤其容不得别人欺负自己的小弟，为着保护弟弟，他不惜与对方放手一搏，甚至打得头破血流。我依稀记得，兄长因与人打架而被对方家长告上家门，遭到母亲责骂的事，大半是为了保护我以及维护我们这个孤儿寡母之家的尊严。

兄长先我几年体味到家境的困苦艰窘，这使他比我早懂事，知道做儿子的应当替苦难压身的母亲分担忧患。上小学时，兄长就利用假期带着我外出做些力所能及的零活，比如为承办婚丧仪仗的商铺干一点打幡压轿之类的小工，所得报酬虽然微薄，却也让整日劳苦愁烦的母亲半是怜惜半是欣慰。母亲从这个顽劣不驯的长子那里，看到了对于家母幼弟的体恤和责任。兄长天资聪颖，人虽淘气，书却读得好，数学一门的课业成绩更为优异，时常受到老师的夸赞。有时他在爬树掏鸟窝的玩耍中，骑坐于树杈上竟能默想某一道算术题的求解方法。兄长体悟母亲坚持让儿子们上学读书的用心，珍惜求学的机会，他的学业从不让母亲担心或失望。小学毕业后，他曾以在录取榜上排在前几名的成绩考入一所知名中学，只因家中交不起所需不菲的学费，不得已辍学两年，在家帮助母亲做些杂务，或外出卖冰棍、干零活。新中国成立后，兄长顺利考入一所免收学费的公立中学，依靠政府的优惠政策和母亲的尽力支持，完成了中学学业。此后，兄长连续两届参加高考，先是考入北京的一所工业学院，读了半年却因病休学，第二年再考又进入北京大学。我也在同年进入山东大学。我们兄弟是靠政府的助学金和母亲、大姐的鼎力支持，读到大学毕业的。兄长一向钦佩母亲力挺儿子们读书求学的卓识远见，多年以后他还屡次向我们的子女传输这种感念，称赞母亲以一个不识字的旧社会底层妇女，含辛茹苦，力排万难，让两个儿子从小学读到大学并自立于社会，这份定见、胸怀和毅力，在我家居住的那片街区没有第二个女人可以相比。

母亲于 1960 年春病逝，没有等到两个儿子读完大学，也没有在生前与远在外地的儿子们见最后一面。母亲的辞世令我们兄弟深为悲痛和愧悔，母亲半生眷顾牵挂的儿子们尚未尽人子之责，便永远失去报答母亲深恩厚爱的机会。失怙之哀令我们兄弟好似失巢的飞鸟，断线的风筝，只能孤单地漂泊在外，纵有故乡热土再无慈母在堂。此种无根可依的失落感，在兄长那里似乎比我尤甚。他由京城到东北工作，曾有多年不忍返乡。但兄长却时时惦念小弟，将照顾小弟当作遵守母亲无言嘱托的重责。母亲去世后的那年夏天，兄长来信嘱我趁暑假去京城与他相见，这是兄弟们在失去母亲后第一次团聚。我自然明白兄长的心思，担心我离开母亲后的第一个假期，陷入无家可归的孤独冷落之中。在兄长栖身的学生宿舍里，兄弟们朝夕相处，追思母亲，谈论未来。兄长还引领我游览八达岭长城，以这绵延万里的雄关古垒，拓展我为悲伤裹紧的心胸。暑假过后返回省城校园时，我一度郁结的心境果然舒展了不少。兄长曾辍学两年，又两度通过高考，进入北大后所选专业的学制又长达6年，这使得逐年升级的小弟反而比他早完成学业。一年之后，当我面临毕业分配之际，兄长特意从京城来到我的母校，帮助我谋划选择工作去向。此事在我的记忆中几乎淡忘，不少同班学友却印象深刻，称许我们兄弟的袍泽之情和家兄的呵护之殷切。兄长没有料到，我未选择留校做研究生而选择了从军入伍，竟使我被分配到军队的一家文学杂志社，又到京城与他相聚。初到京城的那两年，兄长常在假日里到我的住处探望，询问我的日常工作、生活状况，也给我一些处事做人的提醒。那是兄弟们在异乡常聚，相扶相护的一段难忘时光。不久，兄长也毕业分配到东北的一座城市去工作，兄弟们又天各一方，彼此只得靠书信传递亲情了。

世间的兄弟阋墙、萁豆相煎之事，古今多有，大抵由权欲和物欲的膨胀催生了人性之恶，使灵肉扭曲变形，以致同胞骨肉反目。而世间兄弟相亲相近，亲情牢固绵长者则为常态，却因平淡无奇而不及前者那般醒目。但即使骨肉相亲的兄弟，性情相异，际遇不同，那人生轨迹亦并不相似。我在京城工作几十载，虽也经历过一些社会动荡和人生周折，所幸直到退休竟不曾脱离过所学专业的本行，还可以随兴写一点艺文类言说文字以自娱。兄长却没有我这般幸运。他毕业后远赴东北，在省城的一个专业部门工作，没过几年，却因机构变动与人事关系复杂，被下放到一个县的专业部门。以兄长的聪察强毅，无法长久忍受冷遇和孤寂，便决意离开那片冻土，几经周折才获准调回原籍，于离乡十多年后重返自己依恋的乡土。而此时的兄长已无法寻到与所学专业相符的工作，只得频频转行，操起了与原先所学全不相干的业务。先是在汽轮机厂、自行车厂做过技术工作，后来被调入政府机关经管工业生产的科室去做公务员，退休前几年再转至经管乡镇企业的部门工作。我自认兄长的天资远胜于我，以他的聪慧干练完全可以在自己选择的专业方向上有较大作为。但命运却令他半生漂泊，辗转迁徙，经常是一种被选择、被操控的社会角色，无缘进入释放自己资质潜能的顺遂之境。历来的社会从未给予所有成员提供一种公平均等的生长机遇，它在助推或造就一些精英才俊的同时，也不由分说地耗损、弃置了另外一群才智之士，被岁月的逝水淹没的英才恐怕不会少于浮出水面者。或许，兄长经历过比我更多的人生磨难和蹉跎岁月，颇能洞明世事，淡对宠辱，亦少动色于忧乐，总以平常心态处世做人。但在华发之年回首往昔，也不免生发时不我予可奈何的怅然之叹。

兄弟情义是很特别的一种男人的情感，它由同根相系的骨肉情缘所生成，又在同一生存环境下甘苦共尝的岁月里培育，外表并不热烈张扬，却深蕴而持久。兄长对待我便始终如此。母亲去世后，这世上最让兄长牵挂的亲人，就是他看护长大的小弟，纵是相隔千里，他依然时时关注小弟成人之后的人生脚步。在我成婚那年，兄长曾专程来京，特意从家具店购得一件日用橱柜，作为贺礼送给我。其时尚未成家的兄长，既为小弟终于成家立业感到快慰，也是要亲自审看将要长久陪伴小弟的这个弟媳以释远念。我和妻子感念兄长的情意，将那个橱柜一直使用、保存了几十年。然而在兄长成亲之时，我却未能回到家乡为兄长贺喜，几年后的一次出差途中，才得以当面拜见嫂嫂。兄长虽在家乡，仍时时关切小弟人生之路上的行走状态，不厌于向我提示立身行事的处世经验。每次来京公干，兄长总会抽时间到我的住所探望，清酒一杯，与我做半日畅叙。在我因俗务困扰、心境烦闷之际，更能给予我开导和宽慰，如荡漾的暖风拂去我胸中冰冷的尘埃。在兄长心目中，不论我长到多大，依旧是那个应由他看护、引领的小弟，这是他默受慈母之托而必尽的长久之责。

岁月荏苒，我们兄弟已进入儿女绕膝之年，兄长更将这份浓浓的亲情转移到下一代人身上。他疼爱自己的三个女儿，用慈父的宽厚胸膛为她们挡风遮雨，以男性少有的耐心侍弄这些生命的花朵。他也同样疼爱我的一双儿女，像当年看护和照料小弟那样，关注这两个孩子的成长。兄长膝下无子，更对侄儿寄予热望。每有相聚机会，他总要向这些子女讲述父辈的家史，以奶奶当年辛苦支撑我们兄弟求学的往事，教诲她们珍惜时机，用心读书求知，不辱没奶奶传下来的家风。多年以后，这些子女均跨出大学校门，进入社会，有的还远赴海外求学深造或就业安家，令兄长颇为欣悦。兄长每与我说起这几个子女，常带着夸耀的口吻，似乎为自家兄弟教化育人的成果而自得。也许是兄长自认时运不济、半生庸碌的缺憾，能在子女们身上获得一些心理补偿。

大约是我与兄长的经历有些差异，不像兄长有那样多时乖运蹇的体认，而我期待于子女的心理补偿也并不那么强烈。我更珍惜与兄长心印多年的手足之情，这是撑持我成人立世、行走人生的情感助力，我总觉得在兄长背后立着慈母的身影。进入 21 世纪之后，有一年兄长来京，我曾陪同他回母校探访，我们在未名湖畔的石凳上坐定，环视四周秋草碧水，一时沉入冥想。我忆起 40 多年前由家乡省城初次来京与兄长相聚的情景，一对同胞兄弟，两个青年学子，也曾在此处徜徉，一起畅想未来。而今，两个华发之人重游故地，风物依旧，人却仿佛经历了一次生命的轮回。所幸的是，兄弟们历经沧桑，仍健旺地活在世上，而相依相扶的袍泽之情经时光的磨洗变得愈加牢固而澄澈。这也许是兄弟们能告慰母亲在天之灵的仅有心祭。

2009 年 11 月草

行走如飞

人生是一条必须不停地跋涉的长路。不管是崎岖的山路，还是平坦的大道，有雨雾，或是有风雪，步履蹒跚也好，行走如飞也好，你总得不避艰难、不辞劳烦地耐着性子走下去。已经走过70多个春秋的修远路程的行者，回头去看往昔的行走姿态，兴许会别有一番意趣。

我自幼生长于城市，却似山野之人惯于行走。平日里，与家人外出，或与友朋漫步，常常在不知不觉中就加快了步频，将众人甩在身后，待发觉无意间脱离了人群时便停下来等候。家人或友朋往往讥笑我不懂闲庭信步，走路总像急行军。有一年去黄山脚下，参加《小说选刊》编辑部举办的同行集会，会后文友们三五成行结伴游山，过鲤鱼背，攀天都峰，我在下山路上又是率性疾行，竟让同行的文友落在山腰。回到住处，有文友打趣说我年近半百之人，却像小青年似的连蹦带跳地行路，实则喻指我全然不解游山观景的雅兴。我自感歉疚却又无奈，早年养成的行走惯性总也改不掉。

我的这种行走习惯大约始自上小学后的少年时期。那时，班级里实行早登录到校者，哪个学生到得早，便将自己的名字写在黑板上，老师在上课前检视一下黑板上的名录，照例会对早到校的学生予以口头嘉勉。我时常是天不亮就起床，草草吃一点食物，便急匆匆地赶往学校，由于走得快，进入教室后已是满脸汗水，却为能在黑板上第一个登录自己的名字而兴奋不已。读小学时，往返于家中和学校的路程并不远，穿过几条街即可到达。放假的日子，我喜欢去远处玩耍，到了夏天，我和三两个少年伙伴时常瞒着家人去汇泉海水浴场戏水，往返都要走十多里漫坡道，但因玩得高兴，并不觉得一路奔波的疲乏。待到读初中时，从位于城市东区的家中到城市西南的学校，大约有十多里，其间还有一条又陡又长的坡道。那时我才满 12 岁，身形瘦小，步幅不大，每日从家中到学校总要走上一个多钟点，有时中午赶回家里用餐，还要多走一倍路程。如此奔走了三年，脚力竟大为增强，同样一段路程，后来却不需一个钟点。

我的行走速度和耐力，大约就是在那些年经受了最初的锻炼。读高中和大学以后，平日走长路的机会并不多，我却开始喜爱各项体育活动，跑步、打球、跳跃运动，均是我课余的兴趣。彼时并未流行“生命在于运动”这类养生格言，但早年养成的行走习惯和运动爱好，却强健了我的体格与忍受力，得以应对此后漫长的人生劳役。在大学读书时期，我辈学子曾经受过对于个人耐劳体质的不断测验。那时，学校每年都要安排学生下乡劳动，少则十天半月，多则一两个月，乃是当年推行“教育革命”的一种实践方式，是让大学生接受“思想改造”的一门功课。与我同年级的学生，只有少数人曾在家乡干过一些农活，多数同学并未经历过繁重的田间劳作，做一天犁地、割麦的农活，就让许多同学感到疲惫不堪。有时，劳动地点选在学校所在城市的周边，还需由少数学生用几辆地排车运送大家的简单行李，大部分同学则徒步往返。单是从学校到驻地农村的几十里路，由清晨走到傍晚的一日行程，也令不少没有走过长路的同学累得精疲力竭。那时的同学都还年轻，年龄大一些的调干生也不过30岁，田间劳作与赶路的劳累和疲乏，咬咬牙也就挺过来了。我在同学中年纪最小，自幼生长于城市，也没有干过农活，只是依仗往日习于行走及体育活动养成的忍受劳乏的耐力，总算度过下乡劳动的体力测验。其实，我的劳作技能和效率不及年长体壮的同学，领队的学生干部居然还认可我的不怕吃苦。

毕业分配入伍后，到京城一家军队出版社工作的最初几年，又遇到另一种身心体魄的测验与磨炼。那时，刚入伍的大学生按规定要下连队当兵一年，以教习其不曾具备的军人意识与军人作风。或许由于单位里工作人手短缺，不能长时间放一个人外出，领导就将我的下连当兵期限化整为零，每年下连当兵一两个月。连续几年，我到过河北、山西、吉林等地驻军下连当兵。从学生到军人，是全然不同的两种生存状态和生命节奏，你必须学会改变，逐渐适应。但完全陌生的军营环境，紧迫急促的生活节奏，令我初到连队时难以适应。尤其当夜晚熄灯后，睡觉总不踏实，不知什么时候会响起紧急集合号声，就要手忙脚乱地起身穿衣、打背包，跑出室外加入集合队伍。待到摸清了连队的日常生活规律，那种陌生感和紧张心理才渐渐消除。连队战士们对我这个戴眼镜、穿干部服的大兵，似乎并不见外，时常给我一些帮助和照顾，令我感觉彼此较易于融洽相处。连队的战士大多来自农村，很淳朴，又很实在，对于像我这样的大兵，只看你是否带着外来人的架子，在日常生活和训练中能否吃得了苦，如果在这些方面你的行为大致符合要求，他们便会将你当作战友和兄弟。

连队的军训生活似乎单调、枯燥，又异常艰苦，却也能磨炼人的意志和体能。我到驻山西的部队下连当兵时，每周一次5公里越野是固定训练课目，战士们要全副武装在营区外公路上奔跑5公里，并须在一定时限内完成。有些经过长年训练且体格强健的战士，不仅能在规定时限内跑到终点，其全身负载的装备也完好无缺，汗水湿透了衣服，神态却依然自如。一些体质不强的老兵和入伍不久的新战士，负重奔跑起来就不那么轻松，初时还能跟上疾行的队伍，3公里过后已是大汗淋漓，气喘不已，远远落在后面，待坚持跑到终点，已经疲惫之极，身上的装具也七零八落了。有的战士确实跑不动了，便停下来缓口气，然后步行走向终点。我比连队战士的年龄稍大一些，也不过二十几岁，仰仗平日惯于行走和体育锻炼的成效，一番5公里越野下来，虽甚感疲劳，尚能坚持到底，只是已超过了规定时限。经过多番训练，居然也能有一两次在规定时限内跑完全程。没有料到，此种高强度的耐力训练，竟为接下来要投入的军事演习做了铺垫。不久，我所在的连队奉命前往朔县参加军事演习，开始配属某坦克部队在野外训练。我们这些步兵每日跟在十几辆坦克车后面，时而卧倒，时而跃起，在尘土飞扬的山野间奔跑。一天的训练结束回到驻地时，已是灰头土脸，人困马乏。熟睡一夜之后，次日照常开进演习场。那场演习结束时，我也结束了下连当兵的日子返回单位，带着不少新鲜而艰苦的练兵生活记忆，也带着一身晋西北干燥的尘土。

我记得最末的一次下连当兵，也许是对我的行走习性与意志体能更为严苛的拷问。1965 年冬季，我到长春驻军一个颇有名气的连队去当兵，其时全军各部队尚未在冬训中普遍实施野营拉练，而我当兵的那支驻寒区的部队已在试行长途拉练式的冬训了。我到连队不久，部队便开始作野营拉练之前的动员准备，各个连队分发物资，检修装具，安排留守人员，紧张忙碌得像是在投入一场即将来临的战役。终于在某一天的拂晓时分，全团官兵齐装满员在大操场列队集合，团长一声令下，部队便按行军序列悄没声息地走出营区，开始在风雪中的千里行程。那年冬季，东北的雪异常之大，漫山遍野白茫茫一片，严寒的天气足以使滴水成冰。住在营房时，夜间上哨是最难熬的时刻，身上裹着的棉衣加棉大衣不消一刻便被砭骨的寒风吹透了，驻寒区部队配发的皮大衣也抵挡不了一个时辰。早晨起床，脚底那面的被子竟与墙体冰在一起。如此严寒的天气在野外行军，对每一个战士而言都是肉身与冰雪的冷酷搏斗。有一次夜间行军，气温已降到零下 30 摄氏度。战士们踏着雪水结成的满地冰凌，在漆黑的山野间疾行，有时又变为跑步前进，周身的热血被扑面的风雪激得滚烫，但随即又像被酷寒凝固了似的。赶到宿营地，走进老乡借住的屋内，周身的寒气半晌不能消退，直到睡在老乡烧好的火炕上，冰冻的身躯方缓慢地由凉转温，带着一路奔波的疲乏沉沉睡去。

我生于北方，也在京城住了几载，本应耐受北地冬日的寒冷，但从未领略过东北这样真正的北方那寒彻骨髓的严冬，更不曾有寒夜行军的体验。身在野营拉练的队列，看到周围比我年轻的战士并不畏难地在风雪中急行，帽檐下滴落的汗水在雪光里闪烁，粗重的呼气白烟似的瞬间飘散，竟不知不觉地受到感染，仿佛躯体内增添了抗御严寒的热力，脚下也变得轻快起来。此时情景，确让我体验着生命群体对于个体的某种无形而强大的统摄力和凝聚力，即使孱弱卑微的个体，在行动一致的群体中也会变得坚毅而强韧起来。我发现，有几个体质或许不及我的小战士，仿佛凭着出发时立下的保证和争强求胜心态的支撑，竟在精神的亢奋中激发出体能的潜力，一路坚忍顽强地走下来，居然与一些体格强壮的战士同样出色。与这些战士并行于同一队列，我没有理由不咬牙坚持，完成这次与严寒和苦累相搏的千里行走。然而，走过半程时却发生了意外。在一次随机安排的战术演习中，我的一只脚不慎被树茬子扎伤，流血不止，经卫生员简单包扎后，即面临着是否继续参加后半程行军的选择。那一刻，我曾犹豫不定，担心自己带伤的脚无法坚持走下去，而作为下连当兵的机关干部，已经与连队战士们一起走过了数百里，因脚伤去坐收容车，跟随部队返回营区并无不妥，又免得给本班的战友们造成拖累。班里的战士们似乎洞悉我的心思，却鼓励我坚持走下去，待人和善、说话干脆的副班长，表示要帮助我完成这次拉练任务，若是我实在走不动了，就背着我走回营区。这些质朴的战士和真诚的话语，令我又是感动又是不安，我在内心里不想拖累他们，却又不能有负于他们的期待。于是，我决意继续走下去。此后的多日行军，我身上的背包总是落在同班战友的肩上，有个小战士特意砍了一根粗树枝，略加修整后送给我当拐杖。每到宿营地，副班长先弄来一盆热水让我烫脚，又帮我换药，安排我早早休息。我的伤脚渐渐地消了肿，走起路来也不觉得沉重了。周围战友的眼神，似乎让我感觉到某种赞许和鼓励，更增添了坚持行走的底气，终于在一个天色薄明的清晨，我跟着连队走回了营区。在连队的野营拉练总结会上，我成了被表彰者之一，同班战友们也夸赞我坚持到底的毅力。其实，我内心里清楚，真正给了我勇气和毅力，帮扶我走过这段千里行程的，正是身边这一群友善亲密如兄弟般的战士们。

人生有如一次长途行走。人的生命力的强旺与脆弱，人对于生命意义探寻的方式及体悟，也会呈现于人自身行走状态的差异。而青少年时期所经历的肌体与意志的磨炼，或可使人一生的行走状态持久受益。人无法选择自己毕生行走的时代，而只能寻找属于自己的行走状态。我并不抱憾也不艳羡没有生长于前辈人和后辈人所处的行走时代，却也不轻贱我辈人生长的行走时代。我庆幸自己青少年时期养成了还算勤勉的行走习惯，那是与童年的生存处境和成人后社会环境的各种磨砺甚有关联的，自然也包括在军营生活的那一段强度磨炼。退休前的几十年，此种行走状态曾伴我度过悠长岁月，繁重的编事劳务，辛苦的业余写作，以及不能摆脱的家庭义务，令我常常如驿马一般负重急行，有时还要遭遇世俗气的侵凌和同类相煎的压抑，却未尝更改人生行走的习性，终究走过大半程人生。而今，仍不后悔昔日认定与坚执的行走状态，仿佛要奔向一个个渴望到达的路标似的急行赶路，不计量生命耗损的刻度，但享人生急行的快意。也许，这是我今生注定的宿命。

2009 年 12 月草

寻梦八关山

人过花甲之年似乎便爱寻梦，而所寻之梦大抵不是少壮时的朝向未来，却多溯于往昔。我的同窗学友当年毕业分配到京城工作的不少，如今健在的几位已退休多年，但每年一例的同学聚会，话题总离不开对于风华正茂的求学年代的追忆。我由此发现，几位年岁大我一些的学长，原来也有与我相类的寻梦冲动。旧日读唐代张谓的五律，曾为“故人京洛满，何日复同游”的诗句所触动，这位古人身在湖湘而常存与其在京洛的故友“复同游”的梦想，竟勾起我偕京城同窗重返母校、同游学苑旧地之遐思。没有料到，在一次聚会时有位学友透露，已在筹划同窗学友一齐返校相聚同游的寻梦之旅。这位学友的先机运作，颇令我心生感慨，我们这群平素难得晤面，但情分至深且持久如兄弟般的同窗，居然如此灵犀相通。去年的初夏时节，机缘终于不期而降。设在青岛的山大校友会，遍邀曾在岛城时的母校就读的校友返回母校旧址聚会。我们这一届的同学恰好被包纳在内，乃是在岛城的母校读过一年书的最末一批校友，待到读二年级时，母校已迁至省会城市。这个信息带给我双重的兴奋，此番聚会之地不仅是母校旧址，又是我生长的故土，返校与返乡竟为并行之旅。可惜居京同窗多有琐事拖累，同行者只有 5 人，不及居京同窗的半数。但闻还有些散处各地之同班学友将赴约，且均已多年未见，此次若能返校同游，仍是一桩快事。

昔日少年友，相见说白头。在青岛火车站一侧的铁道大厦里校友相聚的会场上，人头攒动，飞雪飘飘。20 世纪 40 年代后期至 50 年代中期曾在母校各个系就读的校友，到场者竟有一两百人，有的已年逾八旬，由老妻长女或孙辈搀扶相伴着前来参加聚会，有的则是孤身一人千里迢迢地赶来赴约。望着这群于不同年代进入学苑又走向社会的校友，就像是翻检一页页活动的历史，他们虽年龄不等、所学专业有别，却均系新中国初创时期走进社会的那两代科班出身的知识分子，曾为百废待兴的国家经济发展和科学文化建设满怀热诚地服务，尽心尽意地付出过自己的才智与辛劳。进入改革开放年代以后，这类出自学苑的知识分子似乎找回了失落的自信和人生路标，在教学、科研与实体经济等领域中释放出久被封冻的智力与才干，不少人成为所居专业行当的领军者和中坚力量，或是某种专业方向的开拓者与传承者。他们珍惜自己获得了服务社会的机遇和权利，将此作为半生难酬的济世报国情结与志向的一种延伸的补偿。而今，这些阅遍人世风霜的老者，在悦享人生晚景之际，依然不乏寻梦的冲动，不顾年迈不畏劳顿地赶来岛城，只为重温那青春年代进学求知的旧梦。我的同年级学友参与聚会者 10 多人，大约是当年同窗学友的八分之一。有的来自京城和福建，有些来自齐鲁各地，几十年风流云散，河山阻隔，音讯断绝，相逢何其缘悭。在参与聚会的众多山大校友中，我们一群属于后学晚辈，却也多已七旬开外或临近望七之年，旧地重逢，执手相认，竟难辨对方昔日样貌。岁月风尘染遍了各人的发际、眼角和眉梢，也刻写了各自不同的人生故事，彼此畅诉别情，忆及流年往岁，不免感叹唏嘘。校友会特意安排了重游母校旧址的日程，这个善解人意的安排突出了此次聚会的主题，是助这群白发学子圆其寻梦之旅的精设良机。甫至岛城，校友们的心就已经飞向那个梦魂牵绕的旧日校园了。母校旧址靠近半岛城市之南部底端，校园依山势而建，高屋低厦，参差错落，绿树环园，浓荫如盖。门前是鱼山路，侧旁是大学路，出校门向南走下去不远便是大海。当年在校的学生曾有“推窗可望海，抱山且读书”的夸饰之辞，称赞校园环境之优美绝妙。难怪在20世纪前半叶，有那样多名流文士如王统照、闻一多、老舍等来此任教，大约看中的是这座半岛城市的天然风物和校园的幽雅环境。岁月荏苒，人气渐旺，到新中国建立初期，母校的许多学科尤其是文史哲各系，已是名师荟萃，仅中文系就汇聚了陆侃如、冯沅君、高亨、萧涤非等一批海内知名学者，而首任校长华岗则是著名学者和马克思主义哲学家，迁址后的校长成仿吾曾是“创造社”的主将之一、其后又参加过红军长征的资深教育家。1958年母校迁址后，留在岛城原址的海洋水产、生物等系组建为海洋学院，如今已更名为中国海洋大学了。

那一日清晨有雾，当我们一行乘车抵达母校旧址时，已是雾散云开，晴空如洗，仿佛上苍也怜念这群半生奔波、华发归来的学子，用丽日晴空抚慰这些寻梦人。在母校旧址的大门前，学友们拿出随身携带的照相机纷纷拍照合影，这一刻令我暗自感叹，当年在校读书时，照相机曾是一种奢侈品，同窗学友中恐怕没有几个人留下过校园中的青春影像。而今时移境迁，物旧人老，那生命旅程中曾有的遗憾尚能弥补吗？我的同年级学友十余人自成一队，相伴而行，穿绿荫，走坡道，登台阶，急切地赶往旧称八关山的校园一隅，那里是我们当年共同栖居与上课的地方。我记得，我们1957届的中文系学生刚入学时暂住校园外的校办印刷厂的大仓房里，几十个人聚居于一间仓房内犹觉空旷冷清，每日要走进校园去就餐、上课，夜晚则多在图书馆或教室内自修，深夜才回到仓房里就寝。未及半年，新建的学生宿舍楼盖起，我们便搬进八关山上的新楼，虽是七八个人住一个小房间，却感觉比大仓房适意、方便了许多。新建的教学楼也在八关山上，距宿舍楼不远，除去就餐要到山下的大食堂外，我们一日的起居行止均不离这座草木蓊郁、青黛如翠的八关山。当年的那群青年学子，曾在这里朝夕相伴，出入相随，一起求学受教，吸纳中华文化的丰盈养料，一起编织梦想，设计未来人生的美好愿景。八关山的圆月映照过学子们窗前苦读的背影，山径旁的杂树野花谛听过学子们匆匆来去的脚步声。50年过去，当年学子来寻旧地，如梦方醒，顿生沧桑之叹。旧时印象中矗立于山巅的学生楼，似乎变得矮小了不少，已无记忆中伟岸挺拔的气象。楼房外墙已斑驳脱落，褪去了旧时的亮泽，只留下漫长岁月里风雨侵蚀的印痕。旧物如镜，与白发学子相映衬，恰似照出了寻梦人现今的生命容颜。

辞别八关山，沿山路西行而下，来到旧称露天剧场的地方，这是一处用石板砌成的阔大平台，长宽各约几十米，一侧是阶梯式看台。当年校友们曾在此参加过多次集会，记得有一次中文系学生举办联欢活动，似乎是为欢送即将毕业离校的一批越南留学生。时近初夏，皓月清辉洒满露天平台，映照着数百名围坐于平台上的青年学子面庞，有人出节目，有人献赠言，亦歌亦舞，笑语欢声，传递着异国青年学子的同窗之情和友邦之谊。一位姓阮的越南留学生，演唱了一首自创的歌曲《我亲爱的新山大》，歌词平实晓畅，曲调宛转悠扬且有余韵，他怀抱六弦琴自弹自唱，嗓音带着磁性，歌声揉进挚情，表达了对异邦母校的真诚挚爱和难分难舍的依恋，令在场的校友们如痴如醉。那时的我也是一个喜欢唱歌的青年，却头一次听到如此有感染力和亲和力的歌声，仿佛也是发自我的心灵之声。我难以想象这位阮姓留学生回国以后的情形如何，若是他至今健在，应是耄耋之年的老者了，他是否还记得唱给异邦母校的这支歌呢？是否还持守着对于母校和校友的那份挚爱与友情呢？不过，这支歌至今犹能唤起我们这群校友对于母校的深深思念。

一群身穿礼服的青年学子，正在露天剧场一侧的阶梯看台上集合队伍，准备合影留念，今天是他们被授予学位的隆重节日。礼服飘带上的不同色彩，标示出他们被授予学士、硕士等不同学位。有两个青年学子见到我们这些老者在露天剧场的平台徘徊观望，不免感觉诧异，便发问我们从哪里来。当得知我们 50 年前曾在这所校园里做过学生，更觉意外，竟执意请我们参与他们的合影，这自然是一种不容拒绝的青春的邀请。受宠若惊的我们同这群青年学子站在同一个队列中等待拍照，那一张张阳光灿烂的笑脸仿佛也照亮了我们，令我们重新体验那流逝已久的青春年华。几十年前，我们从这所校园里出发，走进社会，走向历史，践行过报效国家、服务社会的人生志愿，探求过如何实现自己的生命价值。如今，在人世间奔波了大半生的我们，怀着诸多酸甜苦辣的人生滋味，倦鸟归巢似的重新偎进母校的怀抱，而我们当中的有些学友却已被无情的岁月磨损了生命，再也回不到这里。但身旁的这群青年学子，将要从这里走出去，走向我们没有走完或不曾走过的人生旅程。这是一次跨越了两个世纪、联通着两辈学子心灵门户的合影。此时此刻，我似乎发现这次寻梦之旅的真正收获，竟在这一群青年学子身上。青春的梦想犹如太阳，当它隆隆运行一遭终将下沉之际，又一轮新鲜的太阳将会在另一个清晨灿烂升起。

2008 年 3 月草

2013 年 7 月改

初入学苑

18 岁那年的秋季，我扛着简单的行装，从位于东区的家中步行进入海滨一带的山东大学校园内，梦想中的大学生活却真实地开始了。我似乎是个幸运者，高考过后并未被学校直接录取，竟在开学后不久被增补录入中文系，我的一位姓蒋的初中同学也是被增补录入历史系的。我们二人均属特例，却并不清楚个中原委，但肯定不是与什么人情关系和走后门之类相关，那个年代还不存在此类风气。只是在入学以后隐约听说，由于校方预定招生名额因故短缺，才于当地生源中就近选取补足。我又是一个受惠者，以我的贫寒家境在旧中国几乎没有条件进入大学读书，即使能考入大学，要维持数年学业也极为艰难。新中国建立初期，国家的教育方针已在向工农和其他劳动者家庭的子女倾斜，学校对于这类学生不仅不收取学费、住宿费，而且按月发给一定数量的助学金，可以保障其基本的生活所需。我的同年级学友中，就有不少和我一样的受惠者，有些则是来自闽南的贫困山区。或许，此种带有一部分供给制性质的助学方式，是当年国家在高等教育中实行的特殊政策，却也改变了许多贫寒家庭学子一生的命运。

我们这一届中文系新生约近百人，成分也繁杂，由几部分生源合成：有一批参加工作多年的干部学生，是经选调和保送来读大学的，被称为“调干生”；另有一批学生曾在各类外语院系读过一段书，因院系变动及个人兴趣而转学来读中文系；再有一批则是经高考录取的应届高中毕业生。这一届学生中年龄最大的近30岁，最小的只有18岁，而在“调干生”中有不少人已是中共党员。这样一群年龄、经历、身份存在诸多差别的学生，聚合在一起，成为朝夕相处、忧乐相伴的同窗学友，或许是难得一遇的人生缘分，是那个年代大学校园里特有的风景。对于那个年代注重生源成分的大学教育成效的利弊得失，我无从精确评断，那是已成历史的既定事实，不能更改也无可回避。而从那时的大学教育中（包括我的母校和京城的著名高校），确也由各类学生中生长出一批国家所需的专业人才，有些人后来成为某一领域的专家和学者。不过，我与年龄和阅历差异较大的几位学长，竟一直保持着良好的同窗之谊。几十年后，当同居京城的学友聚会时，提起这一段同窗岁月留下的情谊，都觉得它像是窖藏的老酒，年深日久愈显其醇厚清香。

进入大学后的学习生活并不如预想的那样紧张，课程大多安排在上午，下午则是自修时间，学生们可以自主支配，有些人在宿舍或教室里读书，有些人则去图书馆读书和查阅资料。为一年级学生设置的均是基础课，大抵有古代文学、现代文学、外国文学及文艺理论等，且多是以史为序地连贯授课，另外还有一些哲学、政治经济学及外语课程，授课的老师也多是讲师和助教们。到三年级以后，学生们按文学和语言专业分班，便有了专业课，才由教授们开课。不过，仍有一些延续下来的基础课，则由精于不同时期文学专门研究的教授亲自授课。那时的我年龄较小，身体发育不良，个头也不高，学长们就以我的姓氏谐音戏称为小孩儿。有一个周日下午，我从家中返回学校，就要走进校门时却被执勤的工友拦住，那位工友见我年少瘦小，不像一个大学生，便训令我退出校门。我以胸前佩戴的校徽为证也无济于事，他竟说我是不知从何处捡来校徽冒充大学生的“小孩儿”。幸而我的一位学友路过此处，便出面作证为我担保，那工友才将信将疑地放我入门。从此，这称呼更成了我的一个代号，时常挂在学友们的口头，竟伴随了我几十年。但我初入学时确也年少识浅，不懂得珍惜光阴，往往率性而为地打发课余时间，并不像年长的学友那样看重进学求知的机遇，在学业上甚为用功。当他们于晚饭后去教室或图书馆攻读至深夜，带着倦意返回宿舍时，却见我早已酣然入睡。我那时的兴趣在于读课外书，尤其是中外文学作品，学校图书馆有大量藏书，都是我从未读过的，我便在自修时间借回来一本本地阅读，好像蚕儿落入桑叶堆里，只顾一味地贪吃。我也偷偷地学着写诗，借阅过一本莎士比亚的十四行诗集以后，居然照猫画虎地写起了十四行诗，不到半年时间就写满了一个小本子。那个小本子早已不知去向，上面所写的自然是一些无病呻吟的涂鸦文字，却也留下我最初的文学梦。幸而众多学长关照我也怜惜我，并不在意我贪玩好睡不用功的毛病。

入学的第一个学期结束时，照例要通过考试来检测学生们的学习成效。这次考试采取两种方式：一是要求学生在短期内写一篇关于《诗经》中“苕之华”一诗的分析文字，算是一种笔试；一是对每个学生进行一次口试，由授课老师面对面地考问学生所掌握的基础知识。我做学生以来参加过的考试都是笔试，照卷答题，以笔应对，无须逞口舌于人前，便会感觉从容淡定，不至于心生慌乱。以我之讷于言的弱项，唯恐在教师的当面考问下，心理紧张，唇焦舌敝，以至于瞬间思维短路，或答对错乱，或失忆忘辞。对于这次从未经历过的口试，心中颇有些忐忑不安。为了应付这次口试，我不得不将课外阅读的兴致暂时收敛起来，专注温习课业，尽量将老师讲授过的功课完整地复习两遍，因为不知道老师会从何处发问。口试的那一日，同学们早早来到权充临时考场的教研室门外，静候点名入室。我也在考场外坐定，心情紧张却又有些兴奋，等待去迈过这一道关口。望着学友们依次进入考场，又一个个退出，由他们欣悦、平静或凝重的神色，似乎可猜测各自过关的结果。幸而轮到我口试的那一刻，并未紧张到口舌不灵，还算顺畅地应答了老师的考问，且依照老师的要求，流利地背诵了屈原的《山鬼》一诗。事后得知，我的口试成绩居然和不少同学一样也得到 5 分。笔试成绩是在老师阅卷之后的评语中判定的。有位学兄的分析文章洋洋洒洒写了一万多字，有论述、有考据、有解析，老师在评语中给予特别称赞。我的考卷大约写了两千字，也算是基本上过关，只记得老师的评语中有“言简意赅”的字样。

在大学读书的四年里，这场口试是第一次，也是唯一的一次。那几年学校奉命实行“教育改革”，依照教育必须与劳动生产相结合的既定方针，大学生们既要参加大炼钢铁，还要经常下乡参加农业劳动，进行社会实践。田野劳动已经占去了大量时间，使得规定课程无法按期完成，于是，最后几个学期，学校为了赶排课程进度，不得不减免一些考试程序，连通常应有的毕业论文也取消了，自然也免除了论文答辩之类程序。入学初期的那次口试和笔试，竟是我记忆中学苑生活里比较正规、印象深刻的一场考试。一旦进入社会，人时常要面对各种场合、各种形式的考问，不只是知识、学养的考问，更有人格品性的考问。前者要过关固然不易，但似乎可以靠读书求知不断增益其能，或许能勉强混个及格。后者则要用一生的时光去磨洗、凿刻，用全部生命去勘探、诠释，直至盖棺尚未可论定。走出学苑我才明白，人生的考问正在开始。

2008 年 4 月草

2013 年 7 月改

授业的师尊们

我少年时懵懂，开智也晚，彼时家中贫寒，没有什么书籍报刊可读。我对文事的接触，大约是从周边街坊邻居那里找到的传奇故事与剑侠小说之类的通俗读物，或是在集市上说唱“杨家将”“薛仁贵征西”一类鼓书艺人那里开始的。

上小学四年级时，我的家乡青岛解放，不久，学校里来了一位入城干部做教导主任。这位教导主任大约三十多岁，戴一副眼镜，说话操着胶东口音。教导主任来校后做了些什么事情，我并不清楚，只是感觉学校的一些规矩、制度以及风气发生了许多变化。但他特别喜欢孩子，却让我印象深刻。他时常在他那间办公室兼卧室的屋子里，给来访的学生们讲海西根据地的新鲜故事和趣闻，还朗诵他自己写的儿歌，并询问学生们是否听得懂和爱听。他便是日后在省里也很知名的儿童诗人刘饶民。我是从这位教导主任那里，头一次接触到新诗。

上中学以后，我才在课本里读到作为范文的新文学作品。中学时期的几位语文老师，曾经给过我最初的文学启蒙，他们对于课本中所列范文的讲解诠释，仿佛引领我进入一个个艺术创造的世界。我依稀记得，高中的一位语文老师在讲解作家赵树理的小说《李有才板话》时，就带着欣赏的口吻诵读那段平实晓畅、朗朗上口的快板诗，并分析由此展开的解放区农村的新鲜生活场景和各类人物状貌的描写，令我不禁被小说创造的形象世界所吸引。后来的一位语文老师，早年毕业于清华大学国文系，他手上戴着闪闪发亮的金戒指，据说是当年毕业时特意留下的纪念物。他的课也讲得好，对学生们又十分眷顾。有一次，他在课堂上讲评到我的一篇作文时，还鼓励我用心读书，力争考入大学，去专攻文学。

不过，对我日后选校求学影响较大的，却是另一位教历史的陈老师。陈老师早年毕业于山东大学历史系，任教多年，经验丰富，他的历史课总是讲得鲜活生动，毫不枯燥。他能将许多历史人物和历史事件像讲故事一样娓娓道来，叙述得引人入胜且常带激情。他讲到一位外国的农民起义者的英勇壮举时，更是声情并茂，异常激动，宛如他亲临过那场街垒的战斗。陈老师的历史课是我最喜欢听的课程之一，我也暗自钦佩他博雅的学识和文采。陈老师的夫人吴老师也在我就读的那所高中任教，又是我们的班主任，教俄语。她与陈老师均毕业于同一所大学，不过她读的是外文系。这两位既是夫妻又同为传道授业的老师，令我对他们曾就读过的那所大学颇有好感，我日后能进入那所大学读书，或许缘于此种潜在的影响。

唐代古文运动的领军者韩愈在其《师说》一文中，对于求学之人必从师，师者可以传道授业解惑之理，阐述得闿彻明晰，他的“圣人无常师”之断语，尤具深意。其实，对于并非“圣人”的常人而言，也能领受到“转益多师”的真正实惠。在我如愿进入山东大学中文系求学之后，接触到的授业老师远多于中学时期，可谓群贤聚集，各有专长，其中有不少知名教授的学术造诣为当世所公认。陆侃如、冯沅君夫妇均是著名教授，又先后做过副校长，他们早年留学法国，曾获巴黎大学文学博士，回国后曾在不少大学任教，后期则选择了设在青岛的山东大学任教。他们夫妇合著的《中国诗史》《中国文学史简编》在国内颇具影响。冯沅君先生还是一位资深女作家，她在20世纪20年代即以“淦女士”之名登上文坛，有小说集《卷葹》《劫灰》《春痕》等多部作品印行，鲁迅先生在《中国新文学大系·小说二集》序言中，也对她的作品给予称道。高亨先生是研究先秦文学的专家，尤精于老子之学，他的《老子正诂》是公认的学术高端专著。高亨先生的古诗词修养颇深，他在20世纪60年代填写过一首词，因气魄雄伟，意境高远，曾被疑为出自领袖人物之手笔，一度在民间广为流传。后来大约是为澄清讹传，才以他的署名在《光明日报》刊登出来。萧涤非先生乃江西临川人，与王安石、汤显祖同乡，他早年毕业于清华大学研究院，曾任教于西南联大，后转至山东大学任教。他精研汉魏六朝乐府和杜诗，其《杜甫研究》一书是该领域的拔萃之作。还有一位关德栋先生，当时不过三十几岁，却精通满蒙文字，专攻民间文学，二十多岁就成为教授。这样一批知名教授同期为学生们传道授业，其术业迥异、各有千秋的学识与治学方式，带给学生的是更为开阔的视野和博采丰实的教益。

我久已疏离高校生活，对于现今高校的实际状况不甚了然，但近些年却不时听闻关于高校现状的种种不满和抨击之议。在崇尚欲望、追逐实利的时兴潮流中，浮躁之气与虚夸之风亦蔓延于高校，一些教授、博导忙着争项目，做专题，或热衷于转场讲学，登电视讲坛频频出镜，无暇也无心授业、治学，但媒体却热衷于时尚炒作，动不动就以“大师”“泰斗”相封赠。更有甚者，竟然生出考试作弊，论文炒袭或剽窃、侵占他人成果等学术造假丑闻。言教荒废，身教毁损，国人一向崇仰的“师道”，似乎已被颠覆和解构。“大雅久不作，吾衰竟谁陈。”李白这首《古风》原是慨叹自孔子编《诗经》以来正声微茫，诗风萎靡之世风文运的，但用来状喻由孔夫子开了先河的教书育人之“师道”在当下某些学苑里日渐沉沦的态势，亦庶几相近。此种现象不免令人忧心，却也勾起我对于当年在校时那些可敬的师尊们谨守“师道”的品格风范的追忆。

我在高校读书的年代，不少教授已是国内知名的学者，但无一例外地均要给学生们上专业课。在我的印象中，这些老先生授课的风格、范式并不相同，却同样地认真和投入。高亨先生中等身材，面庞微黑，戴一副深度近视眼镜，他为我们讲《诗经》，在一个学期里几乎每周都要授一次课。他对这部中国诗歌古老经典之罕有价值及其千年源流的阐释，对于其中不少名篇艺术内蕴与特征的分析解说，让听课的学生们由惑转悟，渐入胜境。讲到兴浓时，他往往是神情激越，口沫迸溅，犹如进入痴迷忘我之境。陆侃如先生白净面皮，戴一副金丝眼镜，音容举止宛若一介风流文士，他的讲课风度潇洒飘逸，无拘无室，有如他所讲授的魏晋南北朝文学独有的风采。冯沅君先生授课，就像是一位老妈妈在给孩子们述说她品鉴已久的珍爱典藏。她讲的是自己素有精研的元杂剧，讲到关汉卿的名著《感天动地窦娥冤》时，她操着河南口音一字一句地吟诵其中的曲牌唱词：

没来由犯王法，
不提防遭刑宪，
叫声屈动地惊天！
……
地也，你不分好歹何为地？
天也，你错勘贤愚枉做天！

她在阐释剧中女主角不幸的命运遭际时，似乎揉进了她的不少感慨，将她对封建社会妇女所承受的精神压抑与人性摧残的痛切感受及认知，均融入对剧作的剖析之中。窦娥的冤屈与愤恨，窦娥那含泪泣血的抗争，仿佛也是发自她的心灵，同她早年小说中描述的近代女性勇于向封建礼教的压迫所发出之反叛的心声相共鸣。萧涤非先生讲乐府诗，他的授课方式与别的老先生又自不同，似乎更喜欢传授他对古典诗文的艺术源流和历史沿革的探求与考据心得。有一次，他讲到一首诗中所用“泪阑干”之词语，旁征博引，承前启后，详解这一词语的历代沿革及其艺术内蕴的丰富变化，竟然讲了整整两节课。这几位老先生的授课，个性迥异，术道有别，但均能显现出他们传道授业解惑的特有风范。而这些东西对于学生们的启迪教诲是潜移默化的，过去许多年之后，依然能见出其在受业学子心中的遗响与留痕。

我在校读书时，没有选择古典文学作为专业方向，却选了现当代文学，也未如有的同窗学友那样，毕业后仍跟从这些老先生当研究生，做学问。不过，所有这些授业的师尊确实将我引入文学的门庭，指导我获取了一些关于文学及其演化历史的基础性知识，令我终身受益。离校多年，我时时还能记起他们的音容笑貌，更感念他们传道授业的雨露之泽。但从业之后，经年累月地穷忙于事务，极难有机会重返母校，探望这些可敬的老先生，只是偶尔从熟悉的校友那里得到一点零星消息。有一次，我因出差顺道去母校寻旧，已是离校 20 多年之后，此时母校早已迁至省城济南。在一位留校任教的学兄引领下，到萧涤非先生的寓所看望，却见仰卧于躺椅上的老先生病体衰弱，言语困难，已是风烛残年的老叟，再没有昔日课堂上纵横书海、议论风生的饱学之士的风采。我不免生出人世苦短的苍凉悲酸之慨，又不忍侵占老先生休养生息的有限时光，叙谈了片刻，便逃也似的离去。

在我的记忆中，大学读书期间给过我教诲和关爱的，不只是那些老先生，也有一些年轻的老师，其中就有直接指导和帮助过我的张伯海先生。当时的张伯海先生似乎留校任教不久，还很年轻，同我们年级的有些调干学生的岁数差不多。他教现代文学，给我们上过一段时间的课，在几位教各类课程的青年教师当中，他的课是讲得好的。张伯海先生后来当过我们的班主任，与我们一起参加过那个年代时兴的编写文学史之类的所谓“教育革命”的实践活动。他与我们这个年级的学生颇有缘分，朝夕相处中似乎在情感上更为亲近。那时的我酷爱诗歌，尤其是现代诗。因有充裕的课余时间，便从校图书馆借来拜伦、雪莱、普希金、莱蒙托夫的诗集一本本地读，也读过莎士比亚的十四行诗集，还模仿着十四行诗的格式写了一个小本子的涂鸦之作。中国的现代诗人中我更喜欢郭沫若、闻一多的新诗，《女神》中的好多短诗我都能背下来，闻一多的短诗我也能背，而他又曾在旧时的山东大学任过教。我进入高年级之后，参加过一段编写中国当代文学史的活动，写论文的胆子似乎增大了，便不顾才疏学浅，尝试去写这类文字。毕业前的那年初春，我试写了一篇谈《女神》的浪漫主义精神的文章，将我平日听课和阅读相关资料的一些感悟、思索、认知转化成文字。我对这篇东西是否成形合格，完全没有把握，便贸然送给张伯海先生请求他审阅指导。没过几天，张老师找到我当面表达他的读后意见。他认为文章的基础尚可，做些修改后不妨向外投稿，但也特别纠正了文章中有关浪漫主义类别概念的不确当表述。张老师的鼓励似乎让我获得了勇气，便按照他的指点对文章做了修改，投寄给上海的《文汇报》。没有料到，过了几个月这文章竟然在《文汇报》上登载出来，占了半个多版面。此文发表后，我没有向张老师当面表达过感谢之意，张老师也并未向别人透露曾指导过我撰文之事，师生之间似乎保留着心照不宣的默契，但我对张伯海先生扶持后学的感戴之情始终贮存于心底。

我到京城工作几年后，大约是 1965 年秋季，张伯海先生奉命来京调研母校毕业生从业之后的状况，为母校提供改进教学工作的参考。由一位到光明日报社工作的学友安排，在位于石驸马大街的报社的一个小接待室里，张先生与我们几个同年级毕业生相聚，他关切地询问每个同学的工作和生活状况，也征求我们对母校的教学等方面的意见和建议。张老师的走访令我们颇感意外，不禁勾起对于母校的怀念，为母校关注毕业学生成长状况的真情所鼓舞，又对这位同我们这一届学生特别有缘的老师的关爱充满感激。分别之际，张老师将我叫到身边，叮嘱我为文做人须戒骄戒躁。我似乎感觉到张老师仍旧留意我在写作方面的情况，也许知道我从业以后开始发表一点诗歌和文章，便适时地给予善意的提醒。我一直将张老师的叮嘱当作自励的警铃，努力像闻一多先生诗中所示的那样去做，“莫问收获，但求耕耘”，以对得起张老师的关爱。张伯海先生后来调到人民文学出版社“鲁编室”工作多年，又调至新闻出版署某司任职，彼此因为忙，很少见面，只偶然在一次全国性书展上见过一次。然而，张伯海先生却是在我心目中感觉与我距离很近的一位师尊。

岁月无情，但师道之辉却不易在时光的磨洗中全然消退。它像是照耀着人生求知进学途程的烛光，在后学者的心头时时闪亮。我至今感念那些在我求学时代给予各种教诲的师尊们，他们是扶助我脱出愚昧童稚的启蒙者，是接引我涉渡无涯学海的摆渡人。我忆起当初没有选择留校做研究生而后任教，原是不想囿于封闭的校园环境，企望到外面的世界去闯荡，却也有耐不住常年坐冷板凳之寂寞的畏惧心理。我所熟悉的师尊们在别后岁月的遭际，愈让我确认为人师者生存的艰难与繁苦。我自认不具备谨守和光大“师道”的合格资质，既觉惭愧而又无奈。不过，这反而加重了我所怀念的师尊们在我心底那种长久难释、格外沉实的分量。

2008 年 9 月草

2015 年 7 月再改

同窗

华夏民族是颇为看重人群关系的古老族群，而对这种人群关系的认知与系念、拆解与构建，几乎延续于整个民族生存发展的数千年文明历史。但在各类人群关系中，中国人更看重的似乎脱不出亲朋二字，仿佛这是他们生存的依托和感情的需求，须臾不可缺失。倘使人在世上少了亲朋相慰，就会觉得存活无味。大诗人杜甫曾在羁旅途中怅叹“亲朋无一字，老病有孤舟”，足见诗之圣者亦难耐缺失亲朋相系的孤单与寂寞。亲者至爱，朋者至交，都是不可或缺的人群关系之重要层面。所谓同窗，本指人在求学年代相伴共读的学友，但其既非亲眷，又别于一般友人，似乎是介于亲朋之间的特定人群关系。感情诚挚深厚的同窗学友，竟可以彼此视为非亲兄弟，心意相投，一生相护。这种同窗之谊，恰如窖藏的老酒，年代越久，越是醇厚芳香。

自小学以至大学，与我相伴读书的同窗众多。几十年过去，如今依然保持着交往、延续着友情的，却是几位大学时代的同窗。个中缘由倒也并不繁复，经历相似的过来人大约都会有所体验，且统称之为人生的缘分。因为在几年的求学时光里，我与这些同窗不只是在同一座校园、同一间教室、同一个宿舍内朝夕相伴读书，也是在一起走过人生成长期的生命历程，留下刻骨铭心的青春记忆。毕业离校之后，我与这几位同窗又共在京城常住，虽不能朝夕相见，却可以互通信息，同窗之谊遂得延续，因岁月的流逝而倍感珍惜。有一年，久居京城的老同学在我的家中头一次聚会，距我们毕业离校已有 20 多载。此前虽也有三两位居京同窗过从频仍或偶尔聚首之事，但人员如此齐整的聚会尚属首例。十几位老同学相聚一堂，如同暌隔多年的兄弟重逢，道不完的如烟往事，诉不尽的别绪离情。执手相看，多是年届半百之人，互询来路，各有苦辣酸甜之味。座中同窗如今或在高校任教，或在政府机关与报刊出版单位任职，已是承担其社会职责与家庭义务的主干和劳作者。人过中年，尤为念旧，历经半世沧桑、遍阅人间百态的学友，更加珍惜往日的同窗之谊，这是唯独不存任何现实利害冲突却保留着青春记忆的纯正情谊。人需要有此种友情来滋润心灵，并抚慰自己去走未来的生命旅程。

因逢知己恐酒少，话多投机费时长。那一天到场的老同学喝了不少酒，也说了许多不吐不快的话。把酒欢谈之间，不知谁先是称许我这个学弟想出全员聚会的主意，让散居京城的同窗有机会齐聚一堂，进而提议将这种聚会坚持办下去，每年一次由在场者轮流做东。这项顺遂众愿的提议自然得到全体认同，并将聚会时间定为每年春节假日的第二天。从此，这种聚会竟成了老同学们心目中的特别节日，有如稚气未消的孩童企盼过年一样翘首等待这个节日到来。我揣度过老同学们的心思，或许由于在这样的聚会中，老同学们能暂时卸下各类社会身份与家庭角色的负载及端肃面具，可以放言无忌地议论谈笑，倾心适意地诉说衷肠，还原一番鲜活生猛的青春生命。

老同学聚会，话题自然离不开当年做学生时的种种往事。从昔日在校读书时所经历的一切，到彼此熟知的生活轶事与趣闻，皆如写真影集一般历历在目。谈及下乡劳动的旧事，忽感或许在那样频繁的下乡劳动中，毕竟接触到校园里无从体察的底层社会现状，领略到一些乡村民众生存的艰难与疾苦，这应当是企望获求社会良心的知识劳动者对于现存世界不可或缺的认知。那些下乡的经历，至少让我们这群涉世未深的年轻学子开拓了从社会底层看人世的眼界，也体悟到诸多传统文人顾念苍生、为生民立命的襟怀和良知的由来，几十年以后的我辈同窗依然保存着这份拙朴的思虑情愫。而在下乡的日子，于胼手胝足的田间劳作中相互帮扶，彼此体恤，更使同窗学友之间的情感交流比平日频仍融洽。曾被称作“天涯信使”的两位学友，以其艰辛跋涉为同窗们传输欢愉和亲情，则成了彰显同窗之谊的一段佳话。有一年下乡两月，被留在校园参与其他劳务的韩明安、刘德信二位学友，负责定期为下乡的同学们传送书信报纸。这两位身体较为强壮的学友，他们每月都要骑自行车飞驰三百多里，为远在东部山乡的同窗们传递一次家书音讯。他们每次均是天不亮就动身，在自行车上颠簸趱行十几个小时，天黑时分才赶到学友们的驻地。初冬时节，他们浴着砭骨的寒风，碾过路上的冰凌雪粒，在山野间疾行，待赶到驻地时，身上的棉衣早被汗水湿透，人已累得力竭神疲。但看到学友们争抢家书时的欢悦，这两条汉子的脸上便绽露出舒心的笑容，似乎传书途中的奔波劳顿顷刻间化解了。这两位“天涯信使”的传书故事，一直在老同学之间不厌其详地复述，许多年以后，仍然是铭感同窗之情的不老话题。这两位学友毕业以后，一个去了西域，一个到了黑水之畔，与众多同窗相隔千里，缘悭一面，不知可有如他们一样的信使为之殷勤传书，以抚慰他们的思亲之苦与寂寞乡愁呢？

同住京城的学友，平日各自忙碌难得相聚，但若有外地同窗来京，则必定相约相随看望远来者，也借以彼此相见。这便成了一年一次聚会之外的特例，而这种特例有时会引发居京同窗别样的怀旧思绪和悲喜交并的感慨。有一日我忽然接到学友老方的电话，传过来一个不祥的消息，一位从东北来京求医的黄同学已住进医院且生命垂危。老方是居京同窗的联络人，京城的同学及南来北往的外地学友都将他那里当作彼此沟通交往的枢纽。老方将黄同学病重住院的信息一一传递给居京学友，当我们去医院看望时，却见面容枯槁的黄同学已昏迷不醒。黄同学乃闽南人氏，毕业后却到东北任教多年，本欲来京城求得名医诊治肝病，企望康复以后返乡省亲，不料病情恶化滞留在京。老方在医院陪伴了多日，但院方回天无力，黄同学竟逝于京城，终不能园返乡之梦。操办过黄同学的后事，一向洞明世事、豁达开朗的老方，也不禁为人生无常而忧伤惋叹，眼睁睁地看着正值盛年的旧日同窗从身边远去，天意如此冷酷难测，无来由地便降予常人生离死别的悲怆。

老方的这种感伤，没过多久便传染给每一位居京的同窗。每年一次的老同学聚会，在第二个轮次开始流转之时，座中人大半过了退休年龄，虽已解脱工作之累，却也步入桑榆晚景，竟有二位活跃健谈的座中客飘然远逝，永久缺席。这两位被昵称“迷糊”和“小胖子”的学友，一个幽默，一个泼辣，在校读书时就以其特有的禀性与人品为同学们所亲近。他们分别到京城一所军队院校和一家大报社任职多年，依旧是居京同窗相与甚洽的挚友兄弟。然而，他们未及望七之年竟先后辞世。王维有诗曰：“遥知兄弟登高处，遍插茱萸少一人。”这抒写的是亲友远隔的羁旅乡愁。我辈同窗持酒遥祭缺席者，却生出阴阳相背、生死两茫茫的失友之痛。抚今追昔，令座中人怅然若解浮生之梦。去日苦多，座中人相约不废多年延续的聚会，珍惜友情，善待余生，以告慰离席远去的故友。或许，这割不断的同窗之谊将会陪伴座中人风雨无阻地走向暮年。

2008 年 10 月草

2013 年 9 月改

达人老方

当今世道的流行语中，以“达人”指称某些行当里已有点名气的人物者颇为多见，大抵是泛指某些精明干练，术业有成，在各自行当中崭露头角的时尚闻人。而我久疏熙攘，孤陋寡闻，无缘识得这类“达人”，却由此时兴称谓联想到我的同窗学友老方。在我的感觉中，老方更似一位“达人”，只是不同于时下流行语指涉的人物，却像一位并非知名的社会贤达，其世事洞明，人情练达，其圆融通达，乐善好施而不图回报，几近达人之中的贤者。

我与老方最初相识于半个世纪之前的青岛，那时我是才入学的新生，他是由外文系转至中文系重读一年级的在校生。老方大我两岁，却比我成熟许多，在同年级近百名学生中颇有人缘，与不同年龄、资历、性情的众多学友均能融洽相处。我对老方的身世、家庭并不了解，只知道他有一个在解放军某部文工团服役的姐姐，曾来校看望过他。彼时的老方年轻活泼爱唱歌，却在年级的其他事务上持稳守中，不喜张扬，是那种在群体中决不引人注意的角色。

我与老方的相知，其实是在毕业分配到京城工作以后。老方到中央音乐学院做教员，从事基础课的语文教学，一直干到退休前才获得教授职称，比起一些在高校任教的同窗晚了许多年。但老方一向淡定，似乎不太在意这种名分，只以他的知识学养和勤勉敬业的习性教书育人，甘守一种寂寞、清简的教员生活。老方在学院里人缘颇广，从学院领导和在业界颇有名气的声乐教授，到普通的教员同事乃至做勤杂工作的职工，没有不熟悉他并愿意与之交往的。他可以为求助的本院职工荐医寻药以纾其家人危难，他也能与任职财政部门的官员校友疏通关节，以正当方式为学院争取到改善教学条件的数量可观的经费，令院长们惊喜感戴。他的宽仁温厚，乐于助人，尽心尽力地为他人解难救急，在学院内素有口碑。他的一些学生毕业后出国深造，在海外发展已有成就者，回到京城时仍不忘到家中看望他，感念这位并非教专业课的老师。老方退休后仍受命继续为学生授课，一如既往地付出余年热力。有一年学院专门举行仪式表彰一批老教师，也将一份“优秀教师”荣誉证书颁发给老方。当我偶然从电视专题节目中看到这一场景时，不禁为我的这位同窗大半生劳绩被尊重认可而深深感动。

老方很看重友情，尤其是同窗校友之间的情谊。他的家就像是居京同学和外地同学常设的一个联络站，他自己便是一名被众多旧日学友信任与依赖的义务联络人。居京同学常常通过他沟通彼此信息，了解散处京城平素少见的老同学的近况，提议或商定聚会及联谊活动，并由他一一发出通知，因此他被大家封为常任“秘书长”。在十多位居京同窗中，老方并非年长者，又无任何官职，但不论年齿长幼，有在单位和家庭生活中遇到不顺意的事故者，总愿意去他那里倾诉愁烦，领受他的劝解开导，仿佛他才是一个体贴佑护、善解心结的长者。每有外地同窗来京，必先到老方那里落脚，探询居京学友境况，并由老方召集在一起相见。来京的同学也有请老方帮助求医问病的，或是为其亲属子女的专业进修求老方在学院里斡旋。老方则有求必应，尽力操持此类琐细繁难之事，似乎为学友们操劳乃是他的当然义务。多年以来老方为学友们操持过的此类琐事不计其数，为此消耗了大量的生命时光，竟未见他有一丝厌倦。老方的重情重义，或许是他天性中潜在的善良特质，自在流淌，绝无矫饰，令同窗学友暗自宾服。某一年，有位来自东北的黄同学到京求医，经老方安排住进医院，不料经检查已是肝病晚期。黄同学在京举目无亲，家人远在北地鞭长莫及，竟是老方在医院日夜陪伴黄同学度过生命的最后时光。居京同窗中有位被昵称“小胖子”的老宋，曾是一个健壮爽朗、出言如响炮的直性汉子，但在光明日报社长年值夜班，晨昏颠倒，大损生命元气，退休后没过几年竟患癌症。老宋膝下有两个幼子，夫人既要上班，又要看护重病的丈夫，照料两个小儿，分身乏术，顾此失彼。老方便时常守在病床前照看这位旧日同窗，温言宽语为他解忧破闷，直至送他离开人世。老宋逝世后，老方助其夫人料理完后事才返回家中。同窗之情胜过亲兄热弟，挚友中能有如老方者，实为人生之大幸。

老方膝下无嗣，省却了养儿教女之累，其实他活得并不比别人轻松。人到中年之后，他便一力承担奉养家母和岳母之责，两位老人常年卧病，他要四处求医问药，晨昏照料，孝亲之劳成为压在他心头的一方巨石。多年以后，两位老人相继辞世，才算卸下他心头重负，却也过了退休年龄。但夫人的精神疾患竟如魔咒一般缠身附体，时而发作起来，便离家出走，不知去向，弄得老方悬心吊胆，四处寻觅。不得已时，送夫人进精神病院治疗一段时间，归来后又似常人，却难以预料何时再度发作。熟悉老方家境的同窗学友，不难想象老方心中的苦楚，又不能不感佩老方之事亲以孝，事友以诚，以善行与爱心广施于亲者和友人的绝佳品性。一个凡人偶尔做点善事也许不难，难的是一生坚守，不改初衷。以此而论，老方才称得上真正的"达人"。而"达人"之名在现世已被多少沽名钓誉之徒所玷辱。

老方乃安徽滁州人氏，北宋的欧阳修曾做过那里的太守，并留下《醉翁亭记》这等名篇范文。老方早年喜文，当初由外文系转至中文系读书便是这个缘故。他好读书又喜藏书，每遇心爱之书则常倾囊购之，视若珍宝，其家中藏书之丰在京城同窗里无人可比。老方读书既广又杂，且博闻强记，在学友们聚会交谈时，常能引经据典讲一些从旧书中得来的文史源流及逸闻趣事，让人钦服其学识之博雅。老方也能写一手雄迈圆润的毛笔字，他与书法界中人颇有些渊源，其岳父吴老先生就是现代书法名家，吴老先生之子乃北大中文系的著名教授吴小如，其女则是老方的夫人。我曾在老方家中观赏过吴老先生的一册书法作品，其笔底功力远非当下一些动辄可售万金的名家书法所能企及。母校的语言学教授蒋维崧先生也是老一辈书法名家，与老方交往甚洽，赐赠老方不少手书。有一年，京城的国宾馆特邀蒋先生来京小住，为之题写所需的各类手书，蒋先生不时唤老方前去，陪伴他聊天、写字，以解羁旅之寂寞。老方的书法造诣，或许来自此种近朱近墨之影响。但在我的印象中，老方更似那类述而不作的饱学之士，他大半生专心教学，却不属意著述，精力与时光多投入揽事助人，绝少经营一己之文功。只因亏欠著述文字，在评选教授时竟费了不少周折，其实老方的才识学养当在写过几本书的同窗学友之上。老方一向不在意浮名，却我行我素以助人为乐，甘之若饴地做一介民间的贤达之士。不过，老方有时也会兴之所至地填词作诗，以为自娱或与友人交流。2006 年初夏，几位居京同窗应山大校友会之邀，同去青岛参加校友聚会，与天各一方的 10 位外地同窗相见。重返母校旧址，追忆似水年华，同游者皆有万千感慨。老方即兴赋得《长相思》一词："今雨浓，旧雨浓，染红杏坛树千丛。佳木正葱茏。山一重，水一重，重山复水趁好风。少年同窗白首聚，剪烛话相逢。"这首词印在此次旅青学友的通讯录末页，更印在所有感念老方情谊的同窗们心上。

2008 年 11 月草

2013 年 9 月改

后 记

我尝试以随笔散记之类的文体叙写旧事杂忆，从十多年前退休之际就已开始习练，积累几年居然有数十篇短文，编成了一本小书。这让人欣幸、感奋，且又添尚可续写下去的意愿。往昔多少岁月，我沉陷于职业锁定的读写圈子，只专注他人创作的观赏品鉴，写一些评说文字，却极少有述说自己阅世识人之经历。而今，停歇了那类应时性文学评论的写作，改以与自己的人生经历相关的旧忆杂识，竟然平添了不少写作兴味。故此，在那本小书出版后便动手写起另一些旧事杂忆文字，借以打发闲居养息的光阴。

走近21世纪第一个十年的后期，蓦然发觉自己来到这个世界已近70载。人生苦短，几十年岁月如行云流水般转瞬即逝。但若过细思量，又感到足够漫长，一步一步行走过来，需用多少万步去逐日丈量啊！何况，像我这般年纪的人，也曾经历过新旧中国的不同时代，人生路上还伴随这片脚下的土地和土地上的古老民族命运的几度变迁与转折，不能不在生命旅程中留下或隐或显、或深或浅的时光刻痕。即使如我一样的凡夫俗子，虽无铁马金戈的征战生涯，亦无炼狱般的苦难遭逢与悲催命运，但人生的行程也该有耿耿难泯的记忆吧。伟人和名人的人生行程论功业，平常人自然没有什么文治武功，却也不乏人生行程的艰难辛劳。不是人人都能被写进历史，但人人都有自己的历史，写不进历史的人们的历史，或许是铺垫于那真正的历史基座下的微尘。我不怯于也来记述自己人生行程的某些片段，陆续写一些忆及故里亲朋和青少年时期求学往事的文字，延伸至进入社会以后所历所识文人文事的杂忆，大约出自这种缘由。

今年夏季，突然而至的一场急症几乎令我经历一次生死轮回。这才让我切实体味到人生无常，要珍惜现时，及早做事的紧迫。我素来惫懒而安于现状，退休之后更不肯刻苦用功做事，总念着要做的事尚有来日，得过且过地度年如日。目睹有些久识的长辈和同辈已抵米寿或进入八秩之年，仍不懈于文事上的创造和进取，也得知熟悉的雷抒雁、韩作荣这些曾在军旅而比我年轻但有成就的诗人早逝的消息，均不曾强力刺激和更改我疲沓的习性。唯独这一场急症，给予我重重的精神敲打，仿佛在人生途程中被几乎迈不过去的坎绊倒了又爬起来，深悟痛觉人间行走之不易，自应格外珍惜尚能行走的时日，也应赶紧去做一点该做的事。于是，便将发病之前着手的旧稿整理修订之事继续做完，遂编成了这本书稿。

书名是后来改定的，不似原拟的书名那样平实直白，就是要写一些自己的人生历程、体验及感悟，其实写到的也只是自己人生经历的某些片段。既为凡夫俗子，没有资格也没有精彩内容去写什么自传，却不妨记述一点凡俗人生的原生状态，以及某些属于个体的生命经验，可以是自慰及与同类的呼应，但也可以从一个侧面体现出时代社会流动变幻的某些踪影。自五十多年前走出校园之后，命定似的度过多年编辑生涯，见识过时代更迭中各式各样的文人文事，尤其是从一些前辈和同代文友那里，看到如秋叶一般的缤纷色彩和充实的生命之魅力，彼时庶务缠绕，并未特别留意于所得印象、感知的记录。时移境迁，又不断有新物象的覆盖，便似疏离已久。而今也作为人生的片段，从记忆中发掘出来，似乎别有一番滋味。

2014 年 12 月草

2017 年 7 月改